U0652491

Jorge Luis
# Borges

Historia universal de la infamia

# 恶棍列传

[阿根廷] 豪尔赫·路易斯·博尔赫斯 著

王永年 译

上海译文出版社

**图书在版编目（CIP）数据**

博尔赫斯全集.第一辑:全16册 / (阿根廷)
豪尔赫·路易斯·博尔赫斯著;王永年等译.
—上海:上海译文出版社,2017.1 (2025.6重印)
(博尔赫斯全集)
ISBN 978-7-5327-7320-6

Ⅰ.①博… Ⅱ.①豪…②王… Ⅲ.①短篇小说-小
说集-阿根廷-现代 ②随笔-作品集-阿根廷-现代
Ⅳ.①I783.45 ②I783.65

中国版本图书馆CIP数据核字 (2016) 第176583号

本书由上海市新闻出版专项资金资助出版

博尔赫斯全集 I

JORGE LUIS BORGES
豪尔赫·路易斯·博尔赫斯　著
王永年　等　译

出版统筹　赵武平
责任编辑　周　冉　等
装帧设计　陆智昌

上海译文出版社有限公司出版、发行
网址:www.yiwen.com.cn
201101　上海市闵行区号景路159弄B座
上海市崇明县裕安印刷厂印刷

开本850×1168　1/32　印张82.75　插页32　字数958,000
2017年1月第1版　2025年6月第12次印刷

ISBN 978-7-5327-7320-6
定价:629.00元 (套装16册)

本书版权为本社独家所有,未经本社同意不得转载、摘编或复制
本书如有质量问题,请与承印厂质量科联系,T:021-59404766

# 目 录

# 初 版 序 言

本书所收的散文叙事作品是一九三三至一九三四年间写的。我认为写作的起因是重看了斯蒂文森和切斯特顿[1]的作品，冯·斯登堡[2]的前期电影，也许还有埃瓦里斯托·卡列戈的传记。有些写作方法可能不对头：列举的事实不一致、连续性突然中断、一个人的生平压缩到两三个场景（《玫瑰角的汉子》那篇小说就有这种情况）。它们不是、也无意成为心理分析小说。

至于卷末的魔幻例子，我除了作为译者和读者以外没有别的权利。有时候，我认为好读者是比好作者更隐秘、更独特的诗人。谁都不会否认，瓦莱里[3]把创造灵感归诸他的前辈埃德蒙·泰斯特的那些篇章明显不如他归诸他的妻子和朋友们的篇章。

　　阅读总是后于写作的活动：比写作更耐心、更宽容、更理智。


　　　　　　　　豪·路·博尔赫斯

　　　　　　　　一九三五年五月二十七日，布宜诺斯艾利斯

---

1　Gibert Keith Chesterton（1874—1936），英国记者、作家，著有传记、小说、散文、剧本以及有关历史、神学、哲学的论述，所著以布朗神父为主人公的系列推理小说尤为知名。

2　Josef von Sternberg（1894—1969），奥地利裔美国导演，1930 年在德国拍摄了著名影片《蓝天使》。

3　Paul Valéry（1871—1945），法国象征派诗人，提倡纯诗。埃德蒙·泰斯特是他的名作《与泰斯特先生促膝夜谈》中的人物。

# 一九五四年版序言

我想说巴罗克风格故意竭尽（或者力求竭尽）浮饰之能事，到了自我讽刺的边缘。一八八几年，安德鲁·兰[1]试图模仿蒲柏[2]翻译的《奥德赛》，但不成功；作品成了戏谑之后，作者就不能再夸张了。巴罗克是一种演绎方式的名称；十八世纪时，用它形容十七世纪建筑和绘画的某种过滥的风格；我想说，一切艺术到了最后阶段，用尽全部手段时，都会流于巴罗克。巴罗克风格属于智力范畴，萧伯纳声称所有智力工作都是幽默的。在巴尔塔萨·格拉西安[3]的作品里，这种幽默并不自觉；在约翰·多恩[4]的作品里则是自觉或默认的。

本集小说冗长的标题表明了它们的巴罗克性质。如果加以淡化，很可能毁了它们；因此，我宁愿引用《圣经》里的这句话：我所写的，我已经写上了（《约翰福音》，第十九章第二十二节），事过二十年，仍按原样重印。当年我少不更事，不敢写短篇小说，只以篡改和歪曲（有时并不出于美学考虑）别人的故事作为消遣。从这些暧昧的试作转而创作一篇煞费苦心的小说《玫瑰角的汉子》，用一位祖父的祖父的姓名——弗朗西斯科·布斯托斯——署名，得到了意想不到的、有点神秘的成功。

小说文字有郊区语气，然而可以察觉其中插进了"脏腑"、"会谈"等一些文雅的字。我之所以这么做，是因为平头百姓也追求高雅，或者因为（这个理由有排他性，但也许

1　Andrew Lang（1844—1912），苏格兰诗人、小说家、文学批评家和人类学家。
2　Alexander Pope（1688—1744），英国诗人，曾翻译古希腊荷马史诗《伊利亚特》和《奥德赛》。
3　Baltasar Gracián（1601—1658），西班牙耶稣会会士，哲学家。
4　John Donne（1572—1631），英国玄学派诗人。

是真实的）他们也是个别的人，说起话来不总是像纯理论的"哥们"。

大乘禅师教导说四大皆空。这本书是宇宙中一个微乎其微的部分，就本书而言，禅师们的话很有道理。书里有绞刑架和海盗，标题上有"恶棍"当道，但是混乱之下空无一物。它只是外表，形象的外表；正因为这一点，也许给人以欢乐。著书人没有什么本领，以写作自娱，但愿那种欢乐的反射传递给读者。

我在《双梦记及其他》里增加了三篇新作。

豪·路·博尔赫斯

谨以本书献给S.D.，英国人，不可计数而又唯一的天使。此外，我还要把我保全下来的我自己的核心奉献给她——那个与文字无关的，不和梦想做交易的，不受时间、欢乐、逆境触动的核心。

# 心狠手辣的解放者莫雷尔

## 源远流长

一五一七年，巴托洛梅·德拉斯卡萨斯[1]神甫十分怜悯那些在安的列斯群岛金矿里过着非人生活、劳累至死的印第安人，他向西班牙国王卡洛斯五世[2]建议，运黑人去顶替，让黑人在安的列斯群岛金矿里过非人生活，劳累至死。他的慈悲心肠导致了这一奇怪的变更，后来引起无数事情：汉迪[3]创作的黑人民乐布鲁斯，东岸画家文森·罗齐博士在巴黎的成名，亚伯拉罕·林肯神话般的伟大业绩，南北战争中死了五十万将士，三十三亿美元的退伍军人养老金，传说中的法鲁乔[4]的塑像，西班牙皇家学院字典第十三版收进了"私刑处死"一词，场面惊人的电影《哈利路亚》[5]，索莱尔[6]在塞里托率领他部下的肤色深浅不一的混血儿，白刃冲锋，某小姐的雍容华贵，暗杀马丁·菲耶罗的黑人，伤感的伦巴舞曲《花生小贩》，图森特·劳弗丢尔[7]像拿破仑似的被捕监禁，海地的基督教十字架和黑人信奉的蛇神，黑人巫师的宰羊血祭，探戈舞的前身坎东贝舞[8]，等等。

此外，还有那个好话说尽、坏事做绝的解放者拉萨鲁斯·莫雷尔的事迹。

---

1　Bartolomé de las Casas（1484—1566），西班牙教士，在墨西哥恰巴斯任主教，曾十二次渡海回国，为印第安人请命。

2　原文似有误，疑为卡洛斯一世（1500—1558），西班牙哈布斯堡王朝统治者，1516至1556年在位，即神圣罗马帝国皇帝查理五世。

3　William Christopher Handy（1873—1958），美国黑人乐队指挥、短号吹奏家、作曲家，有"布鲁斯之父"之称，著有《圣路易斯布鲁斯》等。

4　Falucho，阿根廷黑人士兵安东尼奥·路易斯的绰号，1824年2月7日在秘鲁卡亚俄因拒绝向西班牙国旗持枪致敬，被枪决。阿根廷首都的雷蒂罗广场现有他的青铜塑像。

5　美国1930年摄制的以黑人和宗教为题材的电影。

6　Soler（1793—1849），阿根廷将军、政治家，独立战争中曾指挥1812年的塞里托战役。罗萨斯独裁期间，移居蒙得维的亚。

7　Toussaint Louverture（1743—1803），多米尼加反抗法国统治的黑人领袖，起义成功后，颁布宪法，自任终身总统。后被监禁，死于法国。

8　南美黑人一种动作怪诞的舞蹈。

# 地　点

　　世界上最大的河流，诸江之父的密西西比河，是那个无与伦比的恶棍表演的舞台。（发现这条河的是阿尔瓦雷斯·德比内达，第一个在河上航行探险的是埃尔南多·德·索托[1]上尉，也就是那个征服秘鲁的人，他教印加王阿塔瓦尔帕[2]下棋来排遣监禁的岁月。德·索托死后，水葬在密西西比河。）

　　密西西比河河面广淼，是巴拉那、乌拉圭、亚马孙和奥里诺科几条河的无穷无尽而又隐蔽的兄弟。它源头混杂，每年夹带四亿多吨泥沙经由墨西哥湾倾注入海。经年累月，这许多泥沙垃圾积成一个三角洲，大陆不断溶解下来的残留物在那里形成沼泽，上面长了巨大的柏树，污泥、死鱼和芦苇的迷宫逐渐扩展它恶臭而阒寂的疆界和版图。上游阿肯色和

1　Hernando de Soto（1500—1542），西班牙军人，和比萨罗一起征服秘鲁。被任命为古巴总督，1539年征服佛罗里达，在现属美国的东南部探险，发现了密西西比河。
2　Atahualpa（1500—1533），最后一个印加王，秘鲁皇帝，受西班牙军人比萨罗欺骗遭监禁，虽献出满满一间屋子的黄金，仍于1533年被处死。

俄亥俄一带也是广袤的低隰地。生息在那里的是一个皮肤微黄、体质孱弱、容易罹热病的人种，他们眷恋着石头和铁矿，因为除了沙土、木材和混浊的河水之外，他们一无所有。

# 众　人

十九世纪初期（我们这个故事的时代），密西西比河两岸一望无际的棉花地是黑人起早摸黑种植的。他们住的是木板小屋，睡的是泥地。除了母子血缘之外，亲属关系混乱暧昧。这些人有名字，姓有没有都无所谓。他们不识字。说的英语拖字带腔，像用假嗓子唱歌，音调很伤感。他们在工头的鞭子下弯着腰，排成一行行地干活。他们经常逃亡；满脸大胡子的人就跨上高头大马，带着凶猛的猎犬去追捕。

他们保持些许动物本能的希望和非洲人的恐惧心理，后来加上了《圣经》里的词句，因此他们信奉基督。他们成群结伙地用低沉的声音唱《摩西降临》。在他们的心目中，密西西比河正是污浊的约旦河的极好形象。

这片辛劳的土地和这批黑人的主人都是些留着长头发的老爷，饱食终日，贪得无厌，他们住的临河的大宅第，前门总是用白松木建成仿希腊式。买一个身强力壮的奴隶往往要花一千美元，但使唤不了多久。有些奴隶忘恩负义，竟然生病死掉。从这些靠不住的家伙身上当然要挤出最大的利润才行。因此，他们就得在地里从早干到黑；因此，种植园每年都得有棉花、烟草或者甘蔗收成。这种粗暴的耕作方式使土地受到很大损害，没几年肥力就消耗殆尽：种植园退化成一片片贫瘠的沙地。荒废的农场、城镇郊区、密植的甘蔗园和卑隰的泥淖地住的是穷苦白人。他们多半是渔民、流浪的猎户和盗马贼。他们甚至向黑人乞讨偷来的食物；尽管潦倒落魄，他们仍保持一点自豪：为他们的纯粹血统没有丝毫羼杂而自豪。拉萨鲁斯·莫雷尔就是这种人中间的一个。

## 莫雷尔其人

时常在美国杂志上出现的莫雷尔的照片并不是他本人。

这样一个赫赫有名的人物的真面目很少流传，并不是偶然的事。可以设想，莫雷尔不愿意摄影留念，主要是不落下无用的痕迹，同时又可以增加他的神秘性……不过我们知道他年轻时其貌不扬，眼睛长得太靠拢，嘴唇又太薄，不会给人好感。后来，岁月给他添了那种上了年纪的恶棍和逍遥法外的罪犯所特有的气派。他像南方老式的财主，尽管童年贫苦，生活艰难，没有读过《圣经》，可是布道时却煞有介事。"我见过讲坛上的拉萨鲁斯·莫雷尔，"路易斯安那州巴吞鲁日一家赌场的老板说，"听他那番醒世警俗的讲话，看他那副热泪盈眶的模样，我明知道他是个色鬼，是个拐卖黑奴的骗子，当着上帝的面都能下毒手杀人，可是我禁不住也哭了。"

另一个充满圣洁激情的绝妙例子是莫雷尔本人提供的。"我顺手翻开《圣经》，看到一段合适的圣保罗的话，就讲了一小时二十分钟的道。在这段时间里，克伦肖和伙计们没有白待着，他们把听众的马匹都带跑了。我们在阿肯色州卖了所有的马，只有一匹烈性的枣红骝，我自己留下当坐骑。克伦肖也挺喜欢，不过我让他明白他可不配。"

# 行　径

从一个州偷了马，到另一个州卖掉，这种行径在莫雷尔的犯罪生涯中只是一个微不足道的枝节，不过大有可取之处，莫雷尔靠它在《恶棍列传》中占了一个显赫的地位。这种做法别出心裁，不仅因为决定做法的情况十分独特，还因为手段非常卑鄙，玩弄了希冀心理，使人死心塌地，又像一场噩梦似的逐渐演变发展。阿尔·卡彭和"臭虫"莫兰[1]拥有雄厚的资本和一批杀人不眨眼的亡命徒，在大城市活动。他们的勾当却上不了台面，无非是为了独霸一方，你争我夺……至于人数，莫雷尔手下有过千把人，都是发过誓、铁了心跟他走的。两百人组成最高议事会发号施令，其余八百人唯命是从。担风险的是下面一批人。如果有人反叛，就让他们落到官方手里，受法律制裁，或者扔进滚滚浊流，脚上还拴一块石头，免得尸体浮起。他们多半是黑白混血儿，用下面的方

---

1　Al Capone（1899—1947）、Bugs Moran（George Clarence Moran, 1891—1957），美国黑社会著名人物，在芝加哥等大城市活动猖獗。

式执行他们不光彩的任务：

他们在南方各个大种植园走动，有时手上亮出豪华的戒指，让人另眼相看，他们选中一个倒霉的黑人，说是有办法让他自由。办法是叫黑人从旧主人的种植园逃跑，由他们卖到远处另一个庄园。卖身的钱提一部分给他本人，然后再帮他逃亡，最后把他带到一个已经废除黑奴制的州。金钱和自由，叮当作响的大银元加上自由，还有比这更令人动心的诱惑吗？那个黑人不顾一切，决定了第一次的逃亡。

逃亡的途径自然是水路。独木舟、火轮的底舱、驳船、前头有个木棚或者帆布帐篷的大木筏都行，目的地无关紧要，只要到了那条奔腾不息的河上，知道自己在航行，心里就踏实了……他给卖到另一个种植园，再次逃到甘蔗地或者山谷里。这时，那些可怕的恩主（他已经开始不信任他们了）提出有种种费用需要支付，声称还需要把他卖一次，最后一次，等他回来就给他两次身价的提成和自由。黑人无可奈何，只能再给卖掉，干一个时期的苦力活，冒着猎犬追捕和鞭打的危险，做最后一次逃亡。他回来时带着血迹、汗水、绝望的心情，只想躺下来睡个大觉。

# 最终的自由

这个问题还得从法学观点加以考虑。在黑人的旧主人申报他逃亡、悬赏捉拿之前，莫雷尔的爪牙并不将他出售。因为谁都可以扣留逃亡奴隶，以后的贩卖只能算是诈骗，不能算偷盗。打官司只是白花钱，因为损失从不会得到补偿。

这种做法再保险不过了，但不是永远如此。黑人有嘴能说话。出于感激或者愁苦，黑人会吐真情。那个婊子养的奴隶坯子拿到他们给得很不情愿的一些现钱，在伊利诺斯州埃尔开罗的妓院里胡花，喝上几杯黑麦威士忌就泄露了秘密。那几年里，有个废奴党在北方大吵大闹；那帮危险的疯子不承认蓄奴的所有权，鼓吹黑人自由，唆使他们逃跑。莫雷尔不想跟那些无政府主义者平起平坐。他们不是北方扬基人，而是南方白人，祖祖辈辈都是白人。这门子买卖他打算洗手不干了，不如当个财主，自己购置大片大片的棉花地，蓄养一批奴隶，让他们排成一行行的，整天弯腰干活。凭他的经验，他不想再冒无谓的危险了。

逃亡者向往自由。于是拉萨鲁斯·莫雷尔手下的混血儿互相传递一个命令（也许只是一个暗号，大家就心领神会），给他们来个彻底解放：让他不闻不问，无知无觉，远离尘世，摆脱恩怨，没有猎犬追逐，不被希望作弄，免却流血流汗，同自己的皮囊永远诀别。只消一颗子弹，小肚子上捅一刀，或者脑袋上打一棍，只有密西西比河里的乌龟和四须鱼才能听到他最后的消息。

## 大祸临头

靠着心腹的帮助，莫雷尔的买卖必然蒸蒸日上。一八三四年初，七十来名黑人已得到"解放"，还有不少准备追随这些"幸运"的先驱。活动范围比以前大了，需要吸收新的人手。参加宣誓效忠的人中间有个名叫弗吉尔·斯图尔特的青年，阿肯色州的人，不久就以残忍而崭露头角。他的叔父是个财主，丢了许多黑奴。一八三四年八月，斯图尔特违背了自己的誓言，检举了莫雷尔和别人。警方包围了莫雷尔在新奥尔良的住宅。不知是由于疏忽或者受贿赂，被莫雷尔钻了空子逃脱了。

三天过去了。莫雷尔一直躲在图卢兹街一座院里有许多攀缘植物和塑像的古老的宅第里。他似乎吃得很少，老是光着脚板在阴暗的大房间里踱来踱去；抽着雪茄烟，冥思苦想。他派宅第里的一个黑奴给纳齐兹城送去两封信，给红河镇送去一封。第四天，来了三个男人，和他谈到次晨。第五天傍晚，莫雷尔睡醒起身，要了一把剃刀，把胡子刮得干干净净，穿好衣服出去了。他安详地穿过北郊。到了空旷的田野，在密西西比河旁的低地上，他的步子轻快多了。

他的计划大胆得近乎疯狂。他想利用对他仍有敬畏心理的最后一些人——南方驯顺的黑人。他们看到逃跑的伙伴们有去无回，因此对自由还存奢望。莫雷尔的计划是发动一次大规模的黑人起义，攻下新奥尔良，大肆掳掠，占领这个地方。莫雷尔被出卖后摔了个大跟头，几乎身败名裂，便策划一次遍及全州的行动，把罪恶勾当拔高到解放行动，好载入史册。他带着这个目的前往他势力最雄厚的纳齐兹。下面是他自己对于这次旅行的叙述：

"我徒步赶了四天路，还弄不到马。第五天，我在一条小河边歇歇脚，打算补充一些饮水，睡个午觉。我坐在一株横倒的树干上，正眺望着前几小时走过的路程，忽然看见有个人走近，胯下一匹深色的坐骑，真俊。我一看到就打定主意夺他的马。我站起身，用一支漂亮的左轮手枪对着他，吩咐他下马。他照办了，我左手抓住缰绳，右手用枪筒指指小河，叫他往前走。他走了两百来步停下。我叫他脱掉衣服。他说："你既然非杀我不可，那就让我在死之前祷告一下吧。'我说我可没有时间听他祷告。他跪在地上，我朝他后脑勺开了一枪。我一刀划破他肚皮，掏出五脏六腑，把尸体扔进小河。接着我搜遍了衣服口袋，找到四百元零三角七分，还有不少文件，我也不费时间一一翻看。他的靴子还崭新崭新，正合我的脚。我自己的那双已经破损不堪，也扔进了小河。

"就这样，我弄到了迫切需要的马匹，以便进纳齐兹城。"

## 中　断

莫雷尔率领那些梦想绞死他的黑人，莫雷尔被他所梦想率领的黑人队伍绞死——我遗憾地承认密西西比河的历史上并没有发生这类轰动一时的事件。同一切富有诗意的因果报应（或者诗意的对称）相悖，他的葬身之处也不是他罪行累累的河流。一八三五年一月二日，拉萨鲁斯·莫雷尔在纳齐兹一家医院里因肺充血身亡。住院时用的姓名是赛拉斯·巴克利。普通病房的一个病友认出了他。一月二日和四日，有几个种植园的黑奴打算起事，但没有经过大流血就被镇压了下去。

# 难以置信的冒名者汤姆·卡斯特罗

我之所以用汤姆·卡斯特罗这个姓名，是因为一八五〇年前后，智利的塔尔卡瓦诺、圣地亚哥和瓦尔帕莱索的大街小巷都这么叫他，如今他既然回来了——即使以幽灵的身份和作为周六的消遣[1]再次用这个名字也无可厚非。瓦平的出生登记册上的姓名是阿瑟·奥顿，出生日期是一八三四年六月七日。我们得知，他是一个屠夫的儿子，在伦敦的贫民区度过枯燥可怜的童年，感到了海洋的召唤。这种事情并不罕见。离家出海是英国传统中同父母权威决裂的做法，是英雄事迹的开端。英国地理环境鼓励这么做，甚至《圣经》里也有案可查："在海上坐船，在大水中经理事务的，他们看见耶和华的作为，并他在深水中的奇事。"（《旧约·诗篇》，第一百零七篇）奥顿逃离生他养他的败落的贫民区，乘上一艘海船，望久了南方十字星座后，又像一般人那样感到腻烦，一到瓦尔帕莱索港便开了小差。他有点痴呆。按照逻辑推理，很可能（并且应该）饿死。但是他浑浑噩噩的自得其乐、永不消失的微笑和无限温顺，博得了一户姓卡斯特罗的人家的好感，他们收养了他，让他改姓卡斯特罗。那次南美之行没有留下什么痕迹，但他的感激之情从未减弱，一八六一年在澳大利亚再露面时，一直沿用汤姆·卡斯特罗这个姓名。他在悉尼结识了一个姓博格尔的黑人男仆。博格尔并不漂亮，但气派从容庄严，同一般上了年纪、身体发福、有点地位的黑人一样，给人以工程建筑似的稳重感。他还有某些人种志的书上认为黑种人不可能有的特征：头脑灵活，会出主意。我们将在下文看到证明。他是个安分守己的人，保留着一些非洲古老的习惯，但被瑕瑜互见的加尔文教义矫正得所剩无几。除了和神交流之外（我们将在下文解释），他和常人无异，唯一不正常的地方是过马路时迟迟拿不定主意，东南西

---

1　我用这个隐喻提醒读者，《恶棍列传》原先是在一份日报的周六副刊上陆续发表的。——原注

北观望很久，唯恐飞驶而来的车辆结束他的生命。

一天傍晚，奥顿在悉尼一个管理不善的路口看见他正使劲下决心要逃避假想的死亡。奥顿观察了许久，上前去搀扶他，两人胆战心惊地穿过根本没有危险的马路。一种保护关系便从那天傍晚的那一刻开始形成：把握不定的庄严的黑人对瓦平出生的肥胖白痴的保护。一八六五年九月，两人在当地报纸上看到一则伤心的广告。

## 受到崇拜的人死了

一八五四年四月末（正当奥顿受到智利人家的热情接纳时），美人鱼号轮船从里约热内卢驶往利物浦途中，在大西洋水域遇难。死亡名单上有罗杰·查尔斯·蒂奇伯恩，在法国受教育的英国军人，英格兰信奉天主教的名门豪族之一的长子。那位法国化的青年说的英语带有最标准的巴黎口音，引起只有法国智慧、文雅和炫耀才会引起的无比嫉恨。说来难以置信，奥顿从未见过他，但是他的死亡改变了奥顿的命运。罗杰的母亲，惊恐万状的蒂奇伯恩夫人，怎么也不相信儿子遭到不幸，在发行量最大的几家报纸上刊登伤心的寻人广告。黑人博格尔看到了广告，想出一个聪明的计划。

## 差别的优势

蒂奇伯恩身材颀长，气宇轩昂，黑黑的皮肤，乌油油的直头发，眼睛炯炯有神，谈吐文雅得有点过分；奥顿一副粗野的模样，腆着个大肚子，傻乎乎的神情，雀斑皮肤，栗色鬈发，迷迷糊糊的眼睛，说话含混，不知所云。博格尔的计划是让奥顿搭上第一班去欧洲的轮船，声称自己是蒂奇伯恩夫人的儿子，以便满足她的企望。这个计划妙不可言。我不妨举个简单的例子加以说明。假如一九一四年有谁想冒充德国皇帝，他首先要作假的是两撇朝上翘的大胡子，一条不灵便的前臂，威严的神情，灰色的斗篷，胸前挂满勋章，头上戴一顶高头盔。博格尔更为精明：他推出的是一个没有胡子的德国皇帝，没有军衔标识和鹰形勋章，左前臂显然十分健全。不需要隐喻，我们确信出现的是一个白痴蒂奇伯恩，脸上带着可爱的傻笑，栗色头发，对法语一窍不通。博格尔知道，根本不可能找到一个可以乱真的罗杰·查尔斯·蒂奇伯恩的摹本。他还知道，即使做到惟妙惟肖，某些不可避免的差别反而显得更加突出。于是他干脆不求形似。他凭直觉感到，越是无所顾忌，越能让人相信这不是骗局；越是明目张胆，越不会露出马脚。再说，万能的时间也能帮忙：在南半球闯荡了十四年之后，一个人的模样是会改变的。

另一个重要的原因是：蒂奇伯恩夫人反复刊登广告的不理智做法表明她确信罗杰·查尔斯没有死，她一心只想认儿子。

## 母子相会

一向乐于助人的汤姆·卡斯特罗给蒂奇伯恩夫人写了一封信。为了证实自己身份，他提出一个确凿的证据，说他左乳有两颗痣，还提起一件痛苦而难忘的童年旧事，就是被一窝蜜蜂蜇过。信写得很短，并且符合汤姆·卡斯特罗和博格尔的本色，毫不注意书写规则。夫人在一家凄凉的巴黎旅馆里噙着幸福的眼泪翻来覆去地看了信，不出几天，她回忆起了儿子希望她回忆的细节。

一八六七年一月十六日，罗杰·查尔斯·蒂奇伯恩来到夫人下榻的旅馆求见。走在他前面的是他体面的仆人埃比尼泽·博格尔。冬季的那一天阳光灿烂，蒂奇伯恩夫人由于啼哭而两眼昏花。黑人打开窗子。光线起了假面具的作用：母亲认出了回头浪子，向他敞开双臂。现在他本人站在眼前，陪伴她度过凄苦的十四年的、他从巴西寄来的信件都可以抛开了。她自豪地把那些信都还给他，一封不少。

博格尔谨慎地微笑了：罗杰·查尔斯的安详的幽灵现在有了文件根据。

## 愈显主荣[1]

幸福的母子相认似乎完成了古典悲剧的传统，应该给这个故事画上一个完美的句号，留下三件确凿的，或者至少是可能的幸事：真正的母亲，假冒的温顺儿子，像是天意的大

---

1 "愈显主荣"是耶稣会的箴言，该会出版的书籍里均印有"愈显主荣"的拉丁原文的字母缩写 AMDG 作为题词。

团圆结局使其计划得逞的阴谋家，各得其所，三全其美。命运（我们管千百个变化不定的原因的无限运作叫作命运）却不这么安排。蒂奇伯恩夫人于一八七〇年去世，亲戚们控告阿瑟·奥顿冒充夫人的儿子。他们没有同情的眼泪，但不乏瓜分遗产的贪婪，根本不相信这个不合时宜地从澳大利亚冒出来的、肥胖的、几乎目不识丁的回头浪子。奥顿却得到无数债权人的支持，他们指认他就是蒂奇伯恩，好让他还债。

他还赢得了蒂奇伯恩家的律师爱德华·霍普金斯和古董收藏家弗朗西斯·J.贝让的友谊。尽管如此，这一切还不够。博格尔认为必须依靠有力的公众舆论才能打赢官司。他拿起大礼帽和雨伞，到伦敦体面的街区寻求启示。傍晚时，博格尔漫无目的地走着，直到黄色的月亮在广场长方形的喷水池投下倒影。他得到了神示。博格尔叫了一辆马车，前去古董收藏家贝让的住家。贝让给《泰晤士报》写了一封长信，断定那个自称蒂奇伯恩的人是个厚颜无耻的骗子。信的署名是耶稣会古德隆教士。别的教士的检举信也接踵而来。这一着果然立竿见影：善良的人们纷纷猜测罗杰·查尔斯爵士是耶稣会一个可耻阴谋的牺牲品。

## 马　车

案件审理持续了九十天。将近一百名证人出庭作证，指认被告确是蒂奇伯恩——其中四人是龙骑兵第六兵团蒂奇伯恩的战友。支持他的人再三声明他不是冒名者，否则准会按照真人年轻时的肖像乔装打扮。此外，蒂奇伯恩夫人已经认了他，作为母亲，显然不可能搞错。一切都很顺利，或者相当顺利，直到奥顿的一个旧情人出庭后，形势急转直下。在"亲戚们"这个卑鄙的诡计面前，博格尔没有认输；他拿起礼帽和雨伞，到伦敦体面的街区去寻求第三次启示。是否找到，我们不得而知。但他快要走到樱草山时，多年来一直追踪他的可怕的马车撞上了他。博格尔眼看马车驶来，大叫一声，但没能躲避。他猛然倒地。老马踉踉跄跄的蹄子踩碎了他的脑袋。

## 幽　灵

汤姆·卡斯特罗是蒂奇伯恩的幽灵，然而是博格尔的天才所附的可怜的幽灵。听说博格尔出了车祸已经身亡时，他彻底崩溃了。他继续撒谎，但是底气不足，前后矛盾，漏洞百出。结果可想而知。

一八七四年二月二十七日，阿瑟·奥顿（别名汤姆·卡斯特罗）被判处十四年强制劳动。他在监狱里很有人缘，他生来就是这样。由于表现良好，刑期减了四年。出狱后，他在联合王国城镇到处流浪，发表简短的谈话，宣称自己无辜或者承认有罪。他一如既往地谦逊和希望讨好别人，往往以自我辩解开头，以忏悔告终，完全根据听众的喜好而定。

他死于一八九八年四月二日。

# 女海盗郑寡妇

提起"女海盗"一词，难免引起不太舒服的回忆，让人想起一个已经过时的说唱剧，但在仆妇下女们津津乐道的闲谈中，歌舞演员扮演的女海盗成了形形色色的卡通片里的人物。历史上确实有过女海盗：那些妇女航海本领高明，把桀骜不驯的船员控制得服服帖帖，把远洋船舶追逐和掠夺得叫苦不迭。其中一个是玛丽·里德，她曾宣称海盗这一行不是人人都能干的，若要干得有声有色，必须像她那样是个真正的男子汉。她初出茅庐，还没有当上首领时，她的情人之一遭到船上一个混混儿的侮辱。玛丽向他挑战，按照加勒比海岛屿上的老习惯，决斗时双手都有武器：左手拿一把准头不高的长筒手枪，右手握一把靠得住的佩剑。手枪没有打中，但佩剑毫不含糊……一七二〇年，玛丽·里德的冒险生涯在圣地亚哥德拉维加（牙买加）被西班牙的绞刑架打断。

那一带海域的另一个女海盗名叫安妮·邦尼，她是爱尔兰人，长得光彩照人，高耸的乳房，火红的头发，接舷近战时，她不止一次冒险跳上敌船。她和玛丽·里德既是战友，最后又是绞刑架上的伙伴。她的情人，约翰·拉克姆船长，也在那个场合给套上绞索。安妮用艾克萨责备博阿布迪尔[1]的话鄙夷地责备拉克姆说："假如你像个男子汉那样战斗，你就不会像条狗似的被人绞死。"

另一个出没于亚洲水域，从黄海到安南界河一带活动的女海盗运气比较好，活得比较长。我说的是久经征战的郑寡妇。


## 十年磨一剑

一七九七年前后，黄海众多的海盗船队的股东们成立了康采恩，任命一个老谋深算、执法严厉的姓郑的人充当首

---

1 Boabdil（1460—1533），格拉纳达最后一个摩尔人的国王，1492 年被西班牙征服。艾克萨是博阿布迪尔的母亲，指责儿子没有捍卫男子汉的尊严，保卫好国家。

领。他毫不留情地在沿海打家劫舍，当地居民水深火热，向朝廷进贡，痛哭流涕地请求救援。他们的哀求邀得圣听：朝廷下令，叫他们烧毁村落，抛弃捕鱼捉虾的行当，迁到内地去从事他们所不熟悉的农业。他们照办了，入侵者发现沿海地区荒无人烟，大失所望，不得不转而袭击过往船舶：这种行径比打家劫舍更为恶劣，因为商业受到了严重干扰。帝国政府当机立断，下令叫先前的渔民放弃农耕，重操旧业。他们心有余悸，唯恐受二茬罪，竟然聚众抗命，当局便决定采取另一个办法：任命郑姓首领为御马监总管。郑打算接受招安。股东们听到了风声，用一碗下了毒的辣芝麻菜和米饭表达了他们的义愤。郑因为口腹之欲丧了性命：先前的首领、新任命的御马监总管便去龙王那里报到了。他的寡妇被双重叛卖气得七窍生烟，立刻召集海盗们议事，披露了当前复杂的情况，敦促大家拒绝皇帝的假招安和爱好下毒的股东们的背信弃义。她提议自主行劫，推选一位新首领。结果她自己当选。这个女人身材瘦削，轮廓分明，老是眯缝着眼睛，笑时露出蛀牙。

在她镇定的指挥下，海盗船驶向公海和危险。

# 指挥有方

有条不紊的冒险持续了十三年。船队由六个小队组成，分别悬挂红、黄、绿、黑、紫色旗和指挥舰的蟒蛇旗。小队头目名叫鸟石、潮戒、队宝、鱼浪和杲日。郑寡妇亲自拟订的规章严厉非凡，简洁明了的文字排除了官样文章虚张声势的冗词赘句（下文有例子说明）。现在我不妨摘录几条规章：

从敌船搬来的一切财物均应入库，登记造册。海盗各自的缴获二成归己，八成归公。违反本款者斩。

未经特准、擅离职守的海盗，初犯者当众凿耳，再犯者斩。

严禁在甲板上与掳掠来的民女交欢；此事只能在底舱内进行，并征得主管准许。违反本款者斩。

俘虏提供的报告证实，海盗们的伙食主要是硬饼干、船上饲养的硕鼠和米饭，战斗的日子常在酒里加些火药。空闲的时候玩纸牌和骰子，喝酒，"番摊"[1]押宝，厮守着小油灯抽鸦片烟。接舷作战前往自己的脸上和身上抹大蒜水，作为防止火器伤害的护身符。

船员带老婆出海，首领带妻妾，一般都有五六个，打了胜仗后往往全部更新。

## 年轻皇帝嘉庆发话

一八〇九年年中，皇帝下了一道敕令，现将首末两段摘录如下。许多人对敕令的文笔啧有微辞：

> 无赖刁民，暴殄天物，无视税吏之忠言，不顾孤儿之哀号，身为炎黄子孙，不读圣贤之书，挥泪北望，有负江川大海之厚德。寄身破船弱舟，凤夜面临风暴。用心叵测，绝非海上行旅之良友。无扶危济困之意，有攻

---

1 中国南方沿海地区的一种赌博游戏，和西方的轮盘赌相似。

人不备之心，掳掠残杀，荼毒生灵，天怒人怨，江海泛滥，父子反目，兄弟阋墙，旱涝频仍……

……为此，朕命水师统带郭朗前去征讨海盗，予以严惩。宽大乃皇帝之浩恩，臣子不得僭越，切记切记。务必残酷无情，克尽厥责，凯旋回朝，朕有厚望焉。

敕令所说的"破船弱舟"自然没有根据。目的无非是提高郭朗出征的勇气而已。九十天后，郑寡妇的船队和中央帝国的船队开仗。将近一千条船从早打到天黑。钟鼓声、火炮声、咒骂声、呐喊声、鸣金声响成一片。帝国的水师大败亏输。敕令里禁止的宽大和要求的残酷都没有机会实现。郭朗的做法是我们西方将领们吃了败仗时不会采取的：他自杀了。

## 惊慌的海岸

趾高气扬的寡妇率领六百条战船和四万名得胜的海盗，

长驱直入，进了西江口，所到之处烧杀掳掠，害得许多孩子丧了爹娘。不少村庄被夷为平地。仅仅从一个村庄里掳走的人就超过一千。一百二十名妇女躲进附近的芦苇丛和稻田，由于止不住一个婴儿的哭声，被发现后给卖到澳门。这次掠夺造成的哭喊虽然相隔遥远，仍传到嘉庆天子的耳边。据某些历史学家说，使嘉庆更伤心的是讨伐的惨败。有一点可以确定：他组织了第二次讨伐船队，配备大量水手士兵，武器粮草，经过占星问卜后，选了一个黄道吉日，大张旗鼓、浩浩荡荡地出发了。这次的帅印交给一个名叫丁贵的官员。船队开进西江三角洲，截断海盗船队的退路。郑寡妇准备迎战。她知道这场战斗十分艰难，几乎没有取胜的可能；几个月来，她手下的人奸淫掳掠，斗志丧失殆尽。战斗一直没有开始。太阳懒洋洋地升起，又懒洋洋地落到摇曳的芦苇上。人们按兵不动。中午火伞高张，午睡没有尽头。

## 龙与狐狸

尽管如此，轻灵的龙旗每天傍晚从帝国的船队腾空而起，徐徐落到江面和敌船甲板上。那是用纸和芦苇秆扎的风筝似的东西，银白或红色的纸面上写着同样的字句。郑寡妇急切地察看那些飞行物，上面写的是龙和狐狸的寓言，狐狸老是忘恩负义，为非作歹，龙却不计前嫌，一直给狐狸以保护。天上月圆又缺，纸和芦苇秆扎的东西每天傍晚带来同样的消息，即使稍有变化也难以察觉。郑寡妇痛苦地陷入沉思。当月亮在天上变圆，在水面泛红时，故事仿佛要收尾了。谁都说不准落到狐狸头上的是无限的宽恕或者无限的惩罚，但是不可避免的结局已经逼近。郑寡妇恍然大悟。她把双剑扔到江里，跪在一条小船上，吩咐手下人向帝国的指挥舰驶去。

傍晚时分，天空中满是龙旗，这次是杏黄色的。郑寡妇喃喃说："狐狸寻求龙的庇护，"然后上了大船。


## 精彩的结局


编年史家记载说狐狸得到了赦免，晚年从事鸦片走私。她不再叫郑寡妇了，起了另一个名字，叫"慧光"。

从那天起（一位历史学家写道），船舶重新得到太平。五湖四海成了安全的通途。

　　农民们卖掉刀剑，换来耕牛种地。他们在山顶祭祀祈祷，白天在屏风后面唱歌作乐。

# 作恶多端的蒙克·伊斯曼

## 南美的打手

在寥廓天幕的衬托下，两个身穿黑色衣服、脚蹬高跟鞋的打手在跳一个性命攸关的舞，也就是一对一的拼刀子的舞蹈，直到夹在耳后的石竹花掉落下来，因为刀子捅进其中一个人的身体，把他摆平，从而结束了没有音乐伴奏的舞蹈。另一个人爱莫能助，戴好帽子，把晚年的时光用来讲述那场堂堂正正的决斗。这就是我们南美打手的全部详尽的历史。纽约打手的历史要芜杂卑鄙得多。

## 北美的打手

　　纽约黑帮的历史（赫伯特·阿斯伯里一九二八年出版的一本八开四百页装帧体面的书里作了披露）像野蛮人的天体演化论那样混乱残忍而庞杂无章，织成这部历史的是：黑人杂居的废弃啤酒店的地下室；多为破败的三层楼建筑的纽约贫民区；在迷宫般的下水道系统里出没的"沼泽天使"之类的亡命徒帮派；专门收罗十来岁未成年杀手的"拂晓少年"帮；独来独往、横行不法的"城郊恶棍"帮，他们多半是彪形大汉，头戴塞满羊毛的大礼帽，衬衫的长下摆却飘在裤子外面，右手握着一根大棒，腰里插着一把大手枪，叫人看了啼笑皆非；投入战斗时用长棍挑着一头死兔当作旗帜的"死兔"帮；"花花公子"约翰尼·多兰，油头粉面，夹着一根猴头手杖，大拇指套着一个铜家伙，打架时专门剜对手的眼珠；"猫王"彭斯，能一口咬下一只活耗子的脑袋；"瞎子"丹尼·莱昂斯，金黄色头发、大眼睛失明的妓院老板，有三个妓女死心塌地为他卖笑；新英格兰七姐妹经营的红灯区一排排堂子，她们把圣诞夜的盈利捐赠慈善事业；饿老鼠和狗乱窜的斗鸡场；呼卢喝雉的赌场；几度丧夫的"红"诺拉，"田鼠"帮的历届头子都宠爱她，带她招摇过市；丹尼·莱昂斯被处决后为他服丧的"鸽子"利齐，结果被争风吃醋的"温柔的"马吉割断了喉管；一八六三年疯狂一周的骚乱，烧掉了一百所房屋，几乎控制全市；会把人踩死的街头混战；还有"黑鬼"约斯克之类的盗马贼和投毒犯。他们之中鼎鼎大名的英雄是爱德华·德莱尼，又名威廉·德莱尼，又名约瑟夫·马文，又名约瑟夫·莫里斯，又名蒙克·伊斯曼，是一千二百条汉子的头目。


## 英　　雄


那些扑朔迷离的假姓名像累人的假面游戏一样，叫人搞不清楚究竟谁是谁，结果反倒废了他的真姓名——假如我们敢于设想世上真有这类事。千真万确的是，布鲁克林威廉斯堡的户籍登记所里的档案表明他的姓名是爱德华·奥斯特曼，后来改成美国化的伊斯曼。奇怪的是那个作恶多端的坏蛋竟是犹太人。他父亲是一家饭馆的老板，饭馆按照犹太教规调制食品，留着犹太教博士胡子的先生们可以在那家饭馆放心吃按规矩屠宰、放净血水、漂洗三遍的羊肉。一八九二年，他十九岁，在父亲的帮助下开了一家兼卖猫狗的鸟店。他探究那些动物的生活习惯，观察它们细小的决定和捉摸不透的天真，这种爱好终生伴随着他。他极盛时期，连纽约民主党总部满脸雀斑的干事们敬他的雪茄都不屑一顾，坐着威尼斯平底船似的豪华汽车去逛最高级的妓院时，又开了一家作为幌子的鸟店——里面养了一百只纯种猫和四百只鸽子——再高的价钱都不出售。他宠爱每一只猫，巡视他的地盘时，往往手里抱一只猫，背后跟着几只。

他的模样像是一座有缺损的石碑。脖子短得像公牛，胸膛宽阔结实，生就两条善于斗殴的长手臂，鼻梁被打断过，脸上伤疤累累，身上的伤疤更多，罗圈腿的步态像是骑师或者水手。他可以不穿衬衫，不穿上衣，但是他大脑袋上总是有一只短尾百灵鸟。他的肩膀给人留下深刻印象。从体型来说，电影里常规的杀手都是模仿他，而不是模仿那个没有男子汉气概的、松松垮垮的卡彭。据说好莱坞之所以聘请沃尔汉姆是因为他的形象叫观众马上想起那个声名狼藉的蒙克·伊斯曼……他巡视他的亡命徒帝国时肩头栖息着一只蓝色羽毛的鸽子，正如背上停着一只伯劳鸟的公牛。

一八九四年，纽约市有许多公共舞厅，伊斯曼在其中一家负责维持秩序。传说老板不想雇他，他三下五除二打趴了舞厅原先雇用的两个彪形大汉，显示了他的实力。他一人顶替了两人的位置，无人敢招惹，直到一八九九年。

他每平息一次骚乱就用刀子在那根吓人的大棒上刻一道。一晚，一个贼亮的秃头喝得酩酊大醉，引起了他的注意，他一棍子就打昏了秃头。"我的棍子正好差一道，就凑成五十整数！"他后来说。

## 霸据一方

从一八九九年开始，伊斯曼不仅是一个赫赫有名的人物。他成了一个重要选区的把头，向他管辖范围内的妓院、赌场、街头野雉和流氓小偷收取大笔孝敬。竞选委员会和个人经常找他干些害人的勾当。他订有酬劳价目表：撕下一只耳朵十五美元，打断一条腿十九美元，用手枪打伤一条腿二十五美元，身上捅一刀二十五美元，彻底解决一百美元。伊斯曼曲不离口、拳不离手，有时候亲自出马执行委托任务。

由于地盘问题（这是国际法尽量拖延的微妙而伤和气的问题之一），他同另一个黑帮的头目保罗·凯利正面冲突起来。巡逻队的枪战和斗殴确定了地界。一天凌晨，伊斯曼越境，五条大汉扑了上来。他凭猿猴般敏捷的手臂和大棒打翻了三个对手，但是肚子上挨了两颗枪子，对方以为他已经毙命，呼啸而散。伊斯曼用大拇指和食指堵住枪眼，像喝醉酒似的摇摇晃晃自己走到医院。他发着高烧，在生死线上挣扎了好几星期，但守口如瓶，没有举报任何人。他出院后，火并已成定局，枪战愈演愈烈，直到一九〇三年八月十九日。

## 里文顿之役

百来个同照片不太相像、逐一从罪犯登记卡上消失的英雄，浸透了酒精和烟草烟雾，头戴彩色帽箍的草帽，或多或少都有花柳病、蛀牙、呼吸道疾患或肾病，像特洛伊或胡宁战争的英雄们一样微不足道或者功勋彪炳，这百来个英雄在纽约高架铁路拱形铁架的影子下面展开了那场不光彩的武装斗争。起因是凯利手下的泼皮向一家赌场老板，蒙克·伊斯曼的同伙，勒索月规钱。一个枪手毙命，紧接而来的是无数手枪参加的对射。下巴刮得很光洁的人借着高大柱子的掩护不声不响地射击，满载手握科尔特左轮枪、迫不及待的援军的出租汽车接连不断地赶到现场，增添了吓人的气氛。那场战斗的主角们是怎么想的呢？首先，（我认为）百来支手枪震耳欲聋的轰响使他们觉得马上就会送命；其次，（我认为）他们错误地深信，只要开头的一阵枪弹没有把他们撂倒，他们就刀枪不入了。事实是他们借着铁架和夜色的掩护打得不可开交。警方两次干预，两次被他们打退。天际刚露鱼肚白，战斗像是淫秽的勾当或者鬼怪幽灵，突然销声匿迹。高架铁路的拱形支架下面躺着七个重伤的人、四具尸体和一只死鸽子。

## 咬牙切齿

蒙克·伊斯曼为之服务的本区政客们一贯公开否认他们的地区有帮派存在，他们解释说那只是一些娱乐性的社团。

里文顿肆无忌惮的火并使他们感到惊慌。他们召见了两派的头目，吩咐他们必须和解。凯利知道，为了稳住警方，政客们比所有的科尔特手枪更起作用，当场就表示同意；伊斯曼凭自己一身蛮力，桀骜不驯，希望在枪兴上见高低。他拒不从命，政客们不得不威胁他，要送他进监狱。最后，两个作恶多端的头目在一家酒吧里谈判，每人嘴里叼着一支雪茄，右手按在左轮枪上，身后簇拥着各自的虎视眈眈的打手。他们做出一个十分美国式的决定：举行一场拳击比赛解决争端。凯利是个出色的拳击手。决斗在一个大棚子里举行。出席的观众一百四十人，其中有戴着歪歪扭扭的大礼帽的地痞流氓，也有发型奇形怪状的妇女。拳击持续了两小时，结果双方都打得筋疲力尽。一星期后，枪战又起。蒙克被捕，这次也记不清是第几回了。保护人如释重负地摆脱了他，法官一本正经地判了他十年徒刑。

## 伊斯曼对抗德国

当蒙克莫名其妙地从辛辛监狱里出来时，他手下一千二百名亡命徒早已树倒猢狲散。他无法把他们重新召集拢来，只得单干。一九一七年九月八日，他在公共场所闹事。九日，他决定参加另一场捣乱，报名参加了一个步兵团。

我们听说了他从军的一些事迹。我们知道他强烈反对抓俘虏，有一次单用步枪枪托就阻挡了这种不解气的做法。我们知道他从医院里逃出来又回到战场。我们知道他在蒙特福松一役表现突出。我们知道，他事后说纽约波威里街小剧院里的舞蹈比欧洲战争更带劲。

## 神秘而合乎逻辑的结局

一九二〇年十二月二十五日凌晨，纽约一条繁华街道上发现了蒙克·伊斯曼的尸体。他身中五弹。一只幸免于难的、极普通的猫迷惑不解地在他身边逡巡。

# 杀人不眨眼的比尔·哈里根

亚利桑那的土地比任何地方都更壮阔：亚利桑那和新墨西哥州的土地底下的金银矿藏遐迩闻名，雄伟的高原莽苍溟蒙、色彩炫目，被猛禽叼光皮肉的动物骨架白得发亮。那些土地上还有"小子"比来的形象：坐在马背上纹丝不动的骑手，追命的枪声惊扰沙漠、玩魔术似的老远发出不可见的、致人死命的子弹的青年人。

金属矿脉纵横交错的沙漠荒凉而闪烁发光。二十一岁就送命的、几乎还是孩子的比来为人所不齿，他欠了二十一条人命——"墨西哥人还不计在内。"

# 早　年

那个日后成为威震一方的"小子"比来的人于一八五九年出生在纽约一个大杂院的地下室。据说他母亲是个子女众多的爱尔兰女人，但他在黑人中间长大。混杂在那些散发汗臭、头发鬈曲的黑孩子中间，满脸雀斑、一头红发的比来显得鹤立鸡群。他为自己是白人而自豪，但他也羸弱、撒野、下流。十二岁时，他加入了在下水道系统活动的"沼泽天使"帮。

在散发雾气和焦煳味的夜晚，他们从恶臭的下水道迷宫里出来，尾随着一个德国水手，当头一棒把他打昏，连内衣都扒得精光，然后回到下水道。他们的头目是一个头发花白的黑人，加斯·豪泽·乔纳斯，在给赛马投毒方面也小有名气。

有时候，河边一座东倒西歪的房子的顶楼上，有个女人朝过路人头上倒下一桶炉灰。那人手忙脚乱，呛得喘不过气。"沼泽天使"们立刻蜂拥而上，把他拖到一个地下室门口，抢光他的衣物。

那就是比尔·哈里根，也就是未来的"小子"比来的学徒时期，他对剧院演出不无好感，他喜欢看牛仔的闹剧（也许并没有预先感到那是他命运的象征和含义）。

## 到西部去！

如果说纽约波威里街拥挤的小剧院（那里演出稍有延误，观众就要起哄）大量上演骑手和打枪的闹剧，最简单的原因就是当时美国掀起了西部热。西方地平线那面是内华达和加利福尼亚州的黄金。西方地平线那面是大片可供采伐的雪松树林，脸庞巨大、表情冷漠的美洲野牛，大礼帽和摩门教主布里格姆·杨的三妻四妾，红种人的神秘的仪式和愤怒，茫无涯际的沙漠，像海洋一样，接近时会使人心跳加速的热土。西部在召唤。那些年来，一种有节奏的声息始终在回荡：成千上万的美国人占据西部的声息。一八七二年，早就跃跃欲试的比尔·哈里根逃出监狱，参加了到西部去的行列。

# 一个墨西哥人的毁灭

　　历史像电影导演一样按不连贯的场景进展，现在把场景安排在像公海一般力量无边的沙漠中间一家危险的酒店里。时间是一八七三年一个不平静的夜晚，确切的地点是新墨西哥州竖桩平原。土地平整得几乎不自然，而云层错落的天空经过暴风雨的撕碎和月光的映托，却满是坼裂的沟壑和嵯峨的山岭。地上有一具牛的头颅骨，暗处传来郊狼的嗥叫和眼睛的绿光，酒店斜长的灯光下影影绰绰可以看到几匹高头大马。酒店里面，劳累而壮实的男人们用胳臂肘支在唯一的柜台上，喝着惹是生非的烈酒，炫示有鹰和蛇图案的墨西哥大银元。一个喝醉的人无动于衷地唱着歌，有几个人讲的语言带许多嘶嘶的声音，那准是西班牙语，讲西班牙语的人在这里是遭到轻视的。比尔·哈里根，从大杂院来的红毛耗子，在喝酒的人中间。他已经喝了两杯烧酒，也许因为身边一文不剩了，还想要一杯。那些沙漠里的人使他吃惊。他们显得那么剽悍，暴烈，高兴，善于摆布野性的牲口和高头大马，叫人恨得牙痒。店里突然一片肃静，只有那个喝醉的人还忘乎所以地在瞎唱。一个墨西哥人走了进来，身体壮实得像牛，脸相像印第安人。头上戴着一顶大得出奇的帽子，腰际两边各插一支手枪。他用生硬的英语向所有在喝酒的婊子养的美国佬道了晚安。谁都不敢搭腔。比尔问身边的人来者是谁，人们害怕地悄声说那是奇瓦瓦来的贝利萨里奥·维利亚格兰。突然一声枪响。比尔在一排比他高大的人身后朝那不速之客开了枪。维利亚格兰手里的酒杯先掉到地上，接着整个人也倒了下去。那人当场气绝，不需要再补第二枪。比尔看也不看那个威风凛凛的死者，继续谈话："是吗？我可是纽约来的比尔·哈里根。"那个醉鬼还在自得其乐地唱歌。

精彩的结局已经可以预料。比尔同大家握手，接受别人的奉承、欢呼和敬他的威士忌酒。有人提醒他的手枪上还没有记号，应该刻一道线表明维利亚格兰死在他枪下。"小子"比来收下那人递给他的小刀，说道："墨西哥人不值得记数。"这似乎还不够。当天夜里，比尔把他的毯子铺在尸体旁边，故作惊人地睡到第二天天亮。

## 为杀人而杀人

  凭这一枪，"英雄小子"比来（当时只有十四岁）应运而生，逃犯比尔·哈里根就此消失。那个出没于下水道、专打闷棍的小伙子一跃而成边境好汉。他成了骑手，学会了像怀俄明或者得克萨斯的牛仔那样笔挺地坐在马鞍上，而不像俄勒冈或者加利福尼亚的牛仔那样身体往后倾。他根本没有达到传说中的形象，只是逐渐接近而已。纽约小流氓的痕迹在牛仔身上依然存在；原先对黑人的憎恨现在转移到了墨西哥人身上，但是他临死前说的话却是用西班牙语说的诅咒话。他学会了赶牲口人的流浪生活的本领，也学会了更困难的指挥人的本领；两者帮助他成了一个偷盗牲口的好手。有时候，吉他和墨西哥的妓院对他也颇有吸引力。

  他晚上难以入睡，聚众纵酒狂欢，往往一连四天四夜。只要扣扳机的手指还有准头，他就是这一带边境最受敬畏（并且也许是最孤独、最微不足道）的人。他的朋友加雷特，也就是日后杀他的郡长，有一次对他说："我经常练射击，枪杀野牛。""我射击练得比你更频繁，我枪杀的是人。"他平静地回道，细节已无从查考了。但是我们知道，他欠下二十一条人命——"墨西哥人还不计在内。"在危险万分的七年中间，他全凭勇气才混了过来。

一八八〇年七月二十五日晚上，"小子"比来骑着他的花马飞快地穿过萨姆纳堡唯一的大街。天气闷热，家家户户还没有点灯；加雷特郡长坐在回廊上一张帆布椅子上，拔出左轮手枪，一颗子弹射进比来肚子。花马继续飞奔，骑手倒在泥土街道上。加雷特又开了一枪。居民们知道受伤的是"小子"比来，把窗户关得严严的。比来不停地诅咒，很长时间没有咽气。第二天太阳升得相当高了，人们小心翼翼走近去，拿掉他的武器；那人已经死了。他们注意到他那种死人通常都有的、可笑而无用的神情。

人们替他刮了脸，给他穿上买来的现成衣服，把他放在一家最大的商店的橱窗里，供吃惊的人们观看取笑。

方圆几里路内，人们骑马或驾双轮马车前来观看。第三天，尸体开始败坏，不得不给他脸上化妆。第四天，人们兴高采烈把他埋了。

# 无礼的掌礼官上野介

本篇的恶棍是无礼的掌礼官上野介，这个不祥的官员造成了赤穗藩主宅见久米的败落和死亡，当适当的报应逼近时，却不愿像武士那样结束自己的生命。但他有值得众人感激之处，因为他唤醒了可贵的忠诚之情，并且是一件不朽的事业的倒霉而必要的口实。以这个故事作为题材的有百来部小说、专著、博士论文和戏剧，更不用说大量的瓷器、条纹天青石和漆器手工艺品上的图形了。甚至多彩多姿的电影也采用了它，《忠臣藏》成了日本电影工作者反复改编的题材。人们经久不衰的热情说明那种荣誉非但可以理解，而且直接适用于任何场合。

我依据的是 A. B. 米特福德的叙述，他略去了产生地方色彩的细枝末节，紧紧抓住光荣事迹的主线。缺少"东方特点"的手法是可取的，不过让人觉得是从日文直接翻译过来的。

## 松开的鞋带

　　一七〇二年暮春，显赫的赤穗藩主奉命接待天皇的使者。两千三百年的礼仪传统（有些属于神话）把接待仪式搞得十分烦琐复杂。使者代表天皇，无论作为隐射或象征，对他的接待规格不宜降低，只宜提高。稍有闪失，都可能造成致命的错误，为了避免发生这类情况，天皇朝廷派了一个掌礼官先打前站。掌礼官远离舒适的朝廷，出差到山野之地，觉得像是流放，他心里窝着气，下马伊始就指手画脚发号施令。有时候，他摆出长官架子，拿腔拿调，简直到了侮辱人的程度。接受他调教的藩主强压怒火，装着没看见这种戏弄。他不能违抗，戒律又禁止一切粗暴行为。一天早上，掌礼官的鞋带松脱了，吩咐藩主替他系好。藩主也是有头有脸的人，忍气吞声地照办。无礼的掌礼官却说孺子不可教也，只有乡巴佬才会打出这么笨头笨脑的鞋带结来。藩主拔出剑来朝他劈去。对方躲得快，只是前额划了一道小口子，流了一点血……几天后，伤人者上了军事法庭，被判切腹自杀。赤穗领地的中央庭院搭起一个平台，铺上红毡毯，被判刑的人坐上平台，人们递给他一把柄上镶有宝石的金匕首，他当众承认了自己的罪过，把上身衣服一件件脱掉，按照仪式要求把匕首插进下腹，先自左向右，再自下而上拉了两刀，像武士那样壮烈死去，因为毡子是红色的，站得比较远的旁观者没有看见血。他的幕僚兼证人，头发斑白的仓野寸喜，小心地用剑砍下他的首级。


## 佯装轻狂


宅见久米的领地被充了公，他手下的武士被遣散，家道陨落，从此默默无闻，他的姓氏遭到诅咒。传说他切腹自杀的当天晚上，手下的四十七个武士聚在一个小山顶上议事，详细地策划了一年以后发生的事件。可以肯定的是，他们行事必须谨慎，聚会地点并不是难以到达的山顶，而是树林里一座庙宇的白木小亭，亭子里除了一面长方形的镜框外没有别的装饰。他们渴望报仇，而报仇的目的似乎很难实现。

可恨的掌礼官上野介家中加强了防卫，他乘轿外出时，仆从如云，前呼后拥，都带着弓箭刀枪。他还豢养了一批忠贞不贰的密探。他们严密监视的目标是想当然的复仇者的首领、幕僚仓野寸喜。仓野无意之中得到这个情报，便拟订了相应的复仇计划。

他把家搬到京都，帝国任何城市的秋色都比不上京都那么宜人。他沉湎于妓院、赌场和酒店。尽管上了年纪，还整天和妓女、诗人，甚至档次更低的人厮混。有一次，他被一家酒店轰了出来，呕吐狼藉，竟然躺在门口睡到天明。

一个来自萨摩的人认出了他，悲哀而气愤地说："这岂不是帮助宅见久米自杀的幕僚吗？他非但不替主人报仇，反而沉湎于酒色。唉，卑鄙小人，你不配武士的称号！"

他在仓野脸上踩了一脚，啐了唾沫。密探汇报了这情况，上野介感到十分宽慰。

事情到此并没有结束。幕僚把妻子和幼儿遣送到外地，在妓院买了一个女人侍候他；敌人听到这件丑闻非常高兴，放松了警惕，把侍卫人数减掉一半。

一七〇三年一个月黑风高夜，四十七名武士在渡桥和纸牌厂附近一个废弃的花园里会合。他们打着先主人的旗号。开始攻击之前，通知了街坊邻居，他们不是打劫，而是伸张正义的军事行动。


## 剑　疤


进攻上野介官邸的人分成两拨。第一拨由幕僚亲自指挥，攻打前门；第二拨由他的长子率领，长子快满十六岁了，结果死于那晚。后人对那场清醒的梦魇的一些细节有不少传说：进攻者冒险用绳梯爬下来，擂鼓为号，守卫者仓促迎战，弓箭手登上屋顶，箭镞射向人们要害部位，血染贵重的瓷器，死时激烈，死后冰凉，尸体狼藉。九名武士丧了性命。守卫者不肯投降，战斗得相当英勇。午夜后不久，抵抗才全部停止。

上野介辜负了侍卫们的舍命保护，始终没有露面。进攻者搜遍了府邸的各个角落，几乎绝望时，幕僚注意到上野介的床铺还有微温。他们重新搜查，发现了一扇用铜镜伪装的狭窄的窗户。窗外幽暗的小院里一个白衣人正抬头张望，右手哆哆嗦嗦握着一把剑。他们下去后，那人毫不抵抗就投降了。他前额有一条疤：宅见久米当初一剑留下的老疤。

浑身血污的武士们跪在他们所憎恨的那个人脚下，声称他们是因他而丧命的赤穗藩主的手下，要求他像武士应该做的那样自杀，以谢亡灵。

他卑鄙的灵魂听不进这个体面的建议。他没有丝毫荣誉感，凌晨时不得不砍下他的脑袋。


## 祭　头


武士们大仇已报（但没有愤怒，没有激动，没有怜悯），回到埋葬他们主人遗骸的庙宇。

他们把上野介的头颅放在一口锅里轮流携带。他们白天赶路，穿过田野和省份。所到之处，人们哭泣，为他们祝福。仙台的郡侯想尽地主之谊，款待他们，但他们谢辞了，说他们的主人等了将近两年。他们到了凄凉的坟墓前，祭上仇人的头颅。

最高法院作出的判决，正是他们企望的：授予他们自杀的特权。所有的武士都履行了，有的慷慨而镇定自若，在他们主人身边安息。男女老幼来到那些忠贞不贰的人的墓前祈祷。

## 萨摩人

前来朝拜的人中间，有个风尘仆仆的年轻人，一看就知道来自远方。他跪在幕僚仓野寸喜的墓前，高声说："我曾看见你躺在京都的一家妓院门前，却未想到你为的是替主人报仇，我以为你是不忠的武士，朝你脸上啐了唾沫。现在我来向你赔礼道歉了。"说了这番话，他切腹自杀了。

庙里的方丈钦佩他的勇敢，把他同武士们埋葬在一起。

这就是四十七忠诚武士的故事，只不过没有结束，因为别的人也许不够忠诚，但始终希望做到这样，因此继续用文字歌颂他们。

# 蒙面染工梅尔夫的哈基姆

献给安赫利卡·奥坎波

假如我没有记错的话，有关乔拉桑的蒙面先知（说得确切一些应该是戴面具的先知）穆卡纳的原始材料来源有四：一、巴拉德胡里保存的《哈里发史》选编；二、阿拔斯王朝[1]的史官塔伊尔·塔尔夫尔撰写的《巨人手册或推断与修正书》；三、题为《玫瑰的摧毁》的阿拉伯手抄古籍，其中驳斥了先知奉为正典的《隐蔽的玫瑰》的异端邪说；四、工程师安德鲁索夫负责铺设苏联—伊朗铁路时发掘的几枚没有头像的钱币。那些钱币收藏在德黑兰钱币馆，上面虽然没有头像，却有波斯文的对句，概括或者纠正了《玫瑰的摧毁》里的某些段落。该书原本已经佚失，一八九九年发现的手抄本由东方档案馆出版，比较草率，霍恩和珀西·赛克斯爵士先后断定它是伪作。

先知在西方出名要归功于穆尔[2]的一首充满爱尔兰阴谋家的乡思和叹息的诗。

## 紫　红

伊斯兰教历一二〇年，即公元七三六年，被当时当地的人们称之为"蒙面者"的哈基姆生于土耳其斯坦。他的家乡是梅尔夫古城，那里的花园、葡萄园和草地悲惨地面向沙漠。中午阳光璀璨得炫目，风沙一起就天昏地暗，使人透不过气，黑色的葡萄串蒙上一层白尘。

哈基姆在那个活得累人的古城长大。我们知道，他的一个叔叔教他染色的手艺：那是不敬神的、弄虚作假的、

---

1　阿拉伯帝国的第二个世袭王朝，统治时间为 750 至 1258 年。

2　Thomas Moore（1779—1852），爱尔兰浪漫主义诗人，著有诗集《爱尔兰乐曲》等，他于 1822 年发表的叙事诗《天使的爱》以东方国家为背景。

反复无常的人的勾当，他从这种亵渎神明的工作开始了浪荡生涯。他在《玫瑰的摧毁》一个著名的章节里宣称："我的脸是金色的，但是我配制了紫红染料，第二晚浸泡未经梳理的羊毛，第三晚染上织好的毛料，岛上的帝王们至今还争夺猩红色的长袍。我年轻时干这种营生，专事改变生灵的本色。天使对我说，绵羊的毛皮不是老虎的颜色，撒旦对我说，强大的上帝要它变成那种颜色，利用了我的技巧和染料。现在我知道，天使和撒旦都在颠倒黑白，一切颜色都是可恶的。"

伊斯兰教历一四六年，哈基姆离开了家乡，不知去向。人们在他的住所发现了毁坏的染锅和浸泡桶，以及一把设拉子大刀和一面铜镜。

## 公　牛

一五八年哈班月月底，沙漠上气清天朗，人们望着西方，寻找启动禁欲禁食的斋月的月亮。那些人是奴隶、乞丐、马贩子、盗骆驼贼和屠夫。他们在梅尔夫路边一家商队客栈的大门口，严肃地坐在地上，等待征兆。他们望着西方，西方的天色一片沙黄。

迷蒙的沙漠远处（那里的太阳使人发烧，月亮使人感冒）来了三个非常高大的形象。三个人影，中间的一个长着公牛的脑袋。走近后，才看清这个人戴着面具，其余两人是瞎子。

正如《一千零一夜》的故事里所说的那样，有人打听其中原因。戴面具的人声称："他们看到了我的脸，所以瞎了眼。"

# 豹　子

阿拔斯王朝的编年史家写道，沙漠里来的那个人（他的声音温柔得出奇，同他的牛头面具相比，声音自然显得温柔）对人们说，他们等待忏悔月的征兆，可是他宣扬的是更好的征兆：终身忏悔，死后遭到伤害。他说，他是奥斯曼的儿子哈基姆，迁移的一四六年，有一个人来到他家，替他净化祈祷之后，用大刀砍下他的头，带到天国。那人（也就是加百列天使）右手托着他的头去见上帝，上帝给了他发布预言的任务，教了他一些极其古老的、说出来要烧灼嘴巴的词句，赐给他一种凡人不能忍受的强烈的荣光。正因为这样，他才戴面具。等到世人都信奉新的宗教时，他才可以露出真面目，人们崇拜他就没有危险了——天使们已经崇拜过他。他宣布了任务。哈基姆号召人们进行一场圣战，为之献身。

奴隶、乞丐、马贩子、盗骆驼贼和屠夫们不接受他的信仰，有人高声骂他是巫师，是骗子。

有人带来一头豹子——也许是波斯猎人驯养的那种美丽而嗜血的动物。不知怎么，它从樊笼里跑了出来。除了蒙面先知和他的两个随从以外，在场的人争先恐后四散奔逃。再回来时，发现那头猛兽的眼睛瞎了，虽然还发亮，但什么也看不见。人们纷纷拜倒在哈基姆脚下，承认他超自然的力量。


## 蒙面先知


阿拔斯王朝的史官兴味索然地叙说了蒙面者哈基姆在乔拉桑的发迹史。那个省份由于它最有名的首领的不幸牺牲而陷于混乱，人们狂热地接受了"闪亮脸"的教义，生命财产都可以奉献出来。（那时，哈基姆已经舍弃了他原先兽性的面具，改用缀满宝石的四层白绸做的面纱。巴努·阿巴斯家族崇尚的颜色是黑色；哈基姆反其道而行之，护面纱、旗帜和头巾都选用了白色。）征战开始时相当顺利。《推断书》中确实记载说，哈里发的旗帜无往不胜，但是那些胜利的结果往往是撤换将领，放弃固若金汤的城堡，聪明的读者知道该相信谁的话。一六一年勒赫布月月底，著名的内沙布尔城的金属大门为"蒙面者"敞开；一六二年初，阿斯塔拉巴德城陷落。哈基姆的军事活动（如同另一个走运的先知那样）只限于战斗激烈时骑在一头毛皮染成粉红色的骆驼背上高声祈祷，但是他的声音达到了神灵。箭镞在他身边呼啸而过，从来没有伤着他。他仿佛故意冒险：有一晚，几个遭人嫌恶的麻风病人聚在他的邸宅外面，他吩咐让他们进去，吻了他们，还施舍金银给他们。

他把治理国家的重任委托给五六个亲信。他自己热衷于冥想和安逸：后宫有一百一十四个瞎眼的妇女，专门满足他神圣肉体的需要。

# 可憎的镜子

只要他的言论不危及正宗信仰，伊斯兰教可以容忍真主密友的出现，不管他们是如何冒失或者气势汹汹。先知或许没有藐视那种宽容，但是他的随从，他的胜利，哈里发的公开不满（当时的哈里发是默罕穆德·马赫迪）促使他采纳了异端邪说。他拟订了自己的宗教教义，尽管带有明显的前诺斯替教派的渗透，这一分歧毁了他的前程。

按照哈基姆的宇宙起源学的原理，冥冥之中有一个神秘的神。这个神没有显赫的起源，无名无形，一成不变，但他的形象投下九个影子，不辞辛劳地建造并掌管第一重天。第一重造物圈产生第二重，其中也有大小天使和论资排辈的宝座，他们建立了下一重天，那是和第一重完全对称的翻版。第二重天复制第三重，依此类推，直到九百九十九重。最底下一重天的主管，也就是影子的影子的影子，掌管一切，他所具备的神的成分少得近于零。

我们居住的地球是一个错误，一种不够格的模仿。镜子和父道是可憎的，因为它们使地球上生生不息，予以认可。厌恶是基本美德。两种修炼（先知允许人们自由选择）可以引导我们达到那种境界：禁欲和放纵，耽于肉欲或者束身自好。

哈基姆的天堂和地狱也让人大失所望。《隐蔽的玫瑰》里有一条诅咒："凡是否认真言，否认宝石面纱和闪亮脸的人，都将打入一个神奇的地狱，他们之中每人将统治九百九十九个火焰帝国，每个帝国有九百九十九座火焰山，每座山上有九百九十九座火焰塔，每座塔里有九百九十九个火焰层，每层有九百九十九张火焰床，他就躺在每张床上，受九百九十九种形状（但容貌和声音像他一样）的火焰永世煎熬。"书中另一处证实："你生前只有一具皮囊；死后遭报应时有无数具。"哈基姆的天堂说得就不那么具体了。"那里长夜漫漫，遍地石坑，那个天堂里的幸福是生离死别、万念俱灰、自知在梦中的人特有的幸福。"

## 真 面 目

迁移一六三年，即闪亮脸五年，哈基姆被哈里发的军队围困在萨南。粮草和愿意献身的人并不缺少，但他等待一帮光明天使即将到来的救援。那时，一个可怕的流言传遍整个城堡。后宫一个与人私通的女人被太监绞死前，大声嚷嚷说先知右手缺了无名指，别的手指没有指甲。流言在信徒们中间口口相传。太阳升高时，哈基姆在城堡的高台上祈求胜利或者家神的启示。他虔诚地低着头，仿佛人们在雨中奔跑时那样，两个将领突然扯下缀满宝石的面纱。

顿时一阵战栗。想象中那张使徒的脸，那张到过天堂的脸，实际上是白的，是麻风病人那种特有的惨白色。脸庞肥大得难以置信，更像一张面具。眉毛脱落得精光；右眼的下睑耷拉在皮纹累累的面颊上；嘴唇的位置是一连串结节瘤；鼻梁塌陷，不成人形，倒像是狮子。

哈基姆企图进行最后的欺骗，他刚开口说："你们罪孽深重，无缘看到我的荣光……"

人们不听他的，纷纷用长枪刺透了他。

# 资 料 来 源

心狠手辣的解放者莫雷尔

马克·吐温：《密西西比河上》，纽约，一八八三年

伯纳德·德沃托：《马克·吐温的美国》，波士顿，一九三二年

难以置信的冒名者汤姆·卡斯特罗

菲利普·戈斯：《海盗史》，伦敦，剑桥，一九一一年

女海盗郑寡妇

菲利普·戈斯：《海盗史》，伦敦，剑桥，一九一一年

作恶多端的蒙克·伊斯曼

赫伯特·阿斯伯里：《纽约的黑帮》，纽约，一九二八年

杀人不眨眼的比尔·哈里根

弗雷德里克·沃森：《枪手一百年》，伦敦，一九三一年

73

沃尔特·诺布尔·伯恩斯:《小子比来传奇》，纽约，一九二五年

## 无礼的掌礼官上野介

A. B. 米特福德:《日本古代故事》，伦敦，一九一二年

## 蒙面染工梅尔夫的哈基姆

帕西·赛克斯爵士:《波斯史》，伦敦，一九一五年

《玫瑰的摧毁》德文版，亚历山大·舒尔茨根据阿拉伯原文翻译，莱比锡，一九二七年

# 玫瑰角的汉子

献给恩里克·阿莫林 [1]

　　既然问起已故的弗朗西斯科·雷亚尔，我就谈谈吧。这里不是他的地盘，他在北区瓜达卢佩湖和炮台一带比较吃得开，不过我认识他。我只跟他打过三次交道，三次都在同一个晚上，那晚的事我怎么都不会忘记，因为那卢汉 [2] 娘儿们在我家过夜，罗森多·华雷斯离开了河镇，再也没有回来。你们没有这方面的经历，当然不会知道那个名字，不过打手罗森多·华雷斯是比利亚·圣丽塔 [3] 一个响当当的人物。他是玩刀子的好手，跟堂尼古拉斯·帕雷德斯一起，帕雷德斯则是莫雷尔那一帮的。华雷斯逛妓院时总打扮得整整齐齐，一身深色的衣服，佩着银饰；男人和狗都尊敬他，女人们对他也另眼相看；谁都知道有两条人命坏在他手里；他油光光的长头发上戴着一顶窄檐高帮呢帽；有人说他一帆风顺，给命运宠坏了。村里的年轻人模仿他的一举一动，连吐痰的架式也学他的。可是罗森多真有多少分量，那晚上叫我们掂着了。

说来仿佛离谱，然而那个大不寻常的夜晚是这么开头的：一辆红轱辘的出租马车挤满了人，沿着两旁是砖窑和荒地的巷子，在软泥地上颠簸驶来。两个穿黑衣服的人不停地弹着吉他，喧闹招摇，赶车的甩着鞭子，哄赶在白花马前乱窜的野狗，一个裹着斗篷的人不声不响坐在中间，他就是赫赫有名的牲口贩子弗朗西斯科·雷亚尔，这次来找人打架拼命。夜晚凉爽宜人，有两个人坐在马车揭开的皮篷顶上，好像乘坐一条海盗船似的。这只是一个头，还发生了许多事情，我们后来才知道。我们这些小伙子老早就聚在胡利亚舞厅里，

---

1　Enrique Amorim（1900—1960），乌拉圭作家，长期侨居阿根廷。作品多以农村生活为题材，主要有长篇小说《马车》、诗集《二十年》等。
2　布宜诺斯艾利斯西郊城镇。
3　布宜诺斯艾利斯西部街区。

那是高纳路和马尔多纳多河中间一个铁皮顶的大棚屋。门口那盏风化红灯的亮光和里面传出的喧哗，让人打老远就能辨出这个场所。胡利亚虽然不起眼，却很实惠，因为里面不缺乐师、好酒和带劲的舞伴。说到舞伴，谁都比不上那卢汉娘儿们，她是罗森多的女人。她已经去世了，先生，我多年没有再想她，不过当时她那副模样，那双眼睛，真叫人销魂。见了她，你晚上休想睡着。

烧酒、音乐、女人，承罗森多看得起才骂的一句脏话，在人群中使我受宠若惊的拍拍肩膀，这一切叫我十分快活。同我跳舞的那个女的很随和，仿佛看透了我的心思。探戈舞任意摆布我们，使我们若即若离，一会儿把我们分开，一会儿又让我们身体贴着身体。男人们正这样如醉如痴、逍遥自在时，我蓦地觉得音乐更响了，原来是越来越行近的马车上的吉他声混杂了进来。接着，风向一转，吉他声飘向别处，我的注意力又回到自己和舞伴身上，回到舞厅里的谈话。过了一会儿，门口响起盛气凌人的敲门和叫喊声。紧接而来的是一片肃静，门给猛地撞开，那人进来了，模样跟他的声音一般蛮横。

当时我们还不知道他叫弗朗西斯科·雷亚尔，只见面前站着一个高大壮实的家伙，一身黑衣服，肩上搭着一条栗色围巾。我记得他脸型像印第安人，满面愠色。

门给撞开时正好打在我身上。我心头无名火起，向他扑去，左手打他的脸，右手去掏那把插在马甲左腋窝下的锋利的刀子。可是这一架没有打起来。那人站稳脚，双臂一分，仿佛拨开一个碍事的东西似的，一下子就把我撂到一边。我跟跄几步，蹲在他背后，手还在衣服里面，握着那把没有用上的刀子。他照旧迈步向前走，比被他排开的众人中间随便哪一个都高大，对哪一个都没有正眼看一看。最前面的那批看热闹的意大利人像折扇打开那样赶快散开。这个场面并没有保持多久。英国佬已经在后面的人群中等着，那个不速之客的手还没有挨着他肩膀，他一巴掌就扇了过去。这一下大伙都来劲了。大厅有好几丈长，人们从一头到另一头推推搡搡，吹口哨，啐唾沫招惹他。最初用拳头，后来发现拳头挡不住他的去路，便揸开手指用巴掌，还嘲弄似的用围巾抽打他。这样做也是为了把他留给罗森多去收拾。罗森多在最里面，不声不响，背靠着墙，一直没有动静。他一口接着一口地抽烟，似乎早已明白我们后来才看清的事情。牲口贩子给推到他面前，脸上带着血迹，后面是一群吵吵嚷嚷的人，他不为所动。尽管人们吹口哨，搡他，朝他啐唾沫，他走到罗森多面前才开口。他瞅着罗森多，用手臂擦擦脸，说了下面一番话：

"我是弗朗西斯科·雷亚尔，北区来的。我是弗朗西斯科·雷亚尔，人们叫我牲口贩子。这些混小子对我动手动脚，我全没理会，因为我要找个男子汉。几个碎嘴子说这一带有个心狠手辣、会玩刀子的人，说他绰号叫'打手'。我是个无名之辈，不过也想会会他，讨教讨教这位好汉的能耐。"

他说话时眼睛一直盯着罗森多。说罢，右手从袖管里抽出一把亮晃晃的刀子。周围推推搡搡的人让出了地方，鸦雀无声，瞧着他们两人。甚至那个拉小提琴的瞎眼混血儿也转过脸，冲着他们所在的方向。

这时候，我听见背后有些动静，回头一看，门口有六七个人，准是牲口贩子带来压阵的，年纪最大的一个有点农民模样，皮肤黝黑，胡子花白；他刚上前，一看到这么多女人和这么亮的灯光，竟待着不动了，甚至还恭敬地摘下了帽子。

其余的人虎视眈眈，如果有不公平的情况马上就出头干预。

罗森多怎么啦，怎么还不教训教训那个气势汹汹的人？他还是一声不吭，眼睛都不抬。他嘴上的香烟不见了，不知是吐掉还是自己掉落的。他终于说了几句话，不过说得那么慢，大厅另一头根本听不清。弗朗西斯科·雷亚尔再次向他挑战，他再次拒绝。陌生人中间最年轻的那个吹了一声口哨。那卢汉娘儿们轻蔑地瞅着罗森多，头发往后一甩，排开女人们，朝她的男人走去，把手伸进他怀里，掏出刀子，退了鞘，交给他，说道：

"罗森多，我想你用得上它了。"

大厅屋顶下面有一扇宽窗，外面就是小河。罗森多双手接过刀，用手指试试刀刃，似乎从没有见过似的。他突然朝后一仰，扬手把刀子从窗口扔了出去，刀子掉进马尔多纳多河不见了。我身上一凉。

"宰了你还糟蹋我的刀子呢。"对方说着抬手要揍他。这时，那卢汉娘儿们奔过去，胳臂钩住他脖子，那双风骚的眼睛瞅着他，气愤地说：

"别理那家伙，以前我们还把他当成一条汉子呢。"

弗朗西斯科·雷亚尔愣了一下，接着把她搂住，再也不打算松手似的，他大声吩咐乐师们演奏探戈和米隆加舞曲，吩咐找快活的人都来跳舞，米隆加像野火一般从大厅一头燃到另一头。雷亚尔跳舞的神情十分严肃，但把舞伴搂得紧紧的，不留一点空隙，使她欲仙欲死。跳到门口时，雷亚尔嚷道：

"借光腾腾地方，她在我怀里睡着啦！"

说罢，他们两个脸贴着脸出去了，仿佛随着探戈的波涛迷迷糊糊地漂流。

我肯定恼羞得满脸通红。我跟舞伴转了几个圈子，突然撂下了她。我推说里面人多太热，顺着墙壁走到外面。夜色很美，但美景为谁而设？那辆出租马车停在巷子拐角的地方，两把吉他像两个人似的端端正正竖在座位上。他们这样大大咧咧扔下吉他真叫我心里有气，仿佛谅我们连他们的吉他都不碰。想起我们自己无能，我直冒火。我一把抓起耳朵后面别着的石竹花，扔进水塘，望了许久，脑子里什么都不想。我希望这一晚赶快过去，明天马上来到就好了。这当儿，有人用胳臂肘撞了我一下，几乎使我感到宽慰。是罗森多，他独自一个人出了镇。

"你这个混小子老是碍事。"他经过我身边时嘀咕说，我不知道他是拿我还是拿自己出气。他顺着比较幽暗的马尔多纳多河一边走了，以后我再也没有见到他。

我继续凝视着生活中的事物——没完没了的天空、底下独自流淌不息的小河、一匹在打瞌睡的马、泥地的巷子、砖窑——我想自己无非是长在河岸边的蛤蟆花和骷髅草中间的又一株野草罢了。那堆垃圾中间又能出什么人物？无非是我们这批窝囊废，嚷得很凶，可没有出息，老是受欺侮。接着我又想，不行，居住的地区越是微贱，就越应该有出息。垃圾？米隆加舞曲发了狂，屋里一片嘈杂，风中带来金银花的芳香。夜色很美，可是白搭。天上星外有星，瞅着头都发晕。我使劲说服自己这件事与我无关，可是罗森多的窝囊和那个陌生人的难以容忍的蛮横总是跟我纠缠不清。那个大个儿那晚居然弄到一个女人来陪他。我想，那一晚，还有许多夜晚，甚至所有的晚上，因为那卢汉娘儿们不是随便闹着玩的女人。老天知道他们到哪里去了。去不了太远，也许随便找一条沟，两个人已经干上了。

我终于回到大厅时,大伙还在跳舞。

我装着没事的样子混进人群,我发现我们中间少了一个人,北区来的人和其余的人在跳舞。没有推撞,有的只是提防和谨慎。音乐回肠荡气,没精打采,跟北区的人跳舞的女人一句话也不说。

我在期待,但不是期待后来出的事情。

我们听到外面有一个女人的哭声,然后是我们已经听到过的那个声音,这会儿很平静,几乎过于平静,以至于不像是人的嗓音。那声音对女人说:

"进去,我的姑娘。"又是一声哭叫。接着,那个声音似乎不耐烦了。

"我让你开门,臭婆娘,开门,老母狗!"这时候,那扇摇摇晃晃的门给推开了,进来的只有那卢汉娘儿们一个人。她不是自动进来的,是给赶进来的,好像后面有人在搡她。

"有鬼魂在后面搡,"英国佬说。

"一个死人在搡,朋友,"牲口贩子接口说。他的模样像是喝醉了酒。他一进门,我们便像先前那样腾出了地方,他摇摇晃晃迈了几步——高大的身材,视而不见的神情——像

83

电线杆似的一下子倒了下去。同他一起来的那伙人中间有一人把他翻过来，让他仰面躺着，再把斗篷卷成一团，垫在他脑袋下面。这么一折腾，斗篷染上了血迹。我们这才看到，他胸口有一处很深的伤口；一条猩红色的腰带，当初给马甲遮住，我没有发现，现在被涌出来的血染黑了。一个女人拿来白酒和几块在火上燎过的布片准备包扎。那男人无意说话。那卢汉娘儿们垂下双手，失魂落魄地望着他。大伙都露出询问的神情，她终于开口了。她说，她跟牲口贩子出去之后，到了一片野地上，突然来了一个不认识的男人，非找他打架不可，结果捅了他一刀，她发誓说不知道那个人是谁，反正不是罗森多。可谁会信她的话？

我们脚下的人快死了。我想，捅他的人手腕子够硬的。不过脚下的人也是条硬汉。他进门时，胡利亚正在沏马黛茶，茶罐传了一巡，又回到我手里，他还没有咽气。"替我把脸蒙上，"他再也支持不住了，便缓缓地说。他死在眉睫，傲气未消，不愿意让人看到他临终时的惨状。有人把那顶高帮黑呢帽盖在他脸上，他没有发出呻吟，在呢帽下面断了气。当他的胸膛不再起伏时，人们鼓起勇气取下帽子。他脸上是死人通常都有的倦怠神情，当时从炮台到南区的最勇敢的人共有的神情；我一发现他无声无息地死了，对他的憎恨也就烟消云散。

"活人总有一死。"人群中间一个女人说，另一个也若有所思地找补了一句：

"再了不起的人到头来还不是招苍蝇。"

这时候，北区来的人悄悄地在说什么，之后有两人同时高声说：

"是那女人杀死的。"

一个人朝她嚷嚷说是她杀的，大家围住了她。我忘了自己应当谨慎从事，飞快地挤了进去。我一时情急，几乎要拔刀子。我觉得即使不是所有的人，至少有许多人在瞅我。我带着讥刺的口气说：

"你们大伙看看这个女人的手，难道她有这份气力和狠心捅刀子吗？"

我若无其事地又说：

"据说死者是他那个地区的一霸，谁想到他下场这么惨，会死在这样一个平静无事的地方？我们这里本来太太平平，谁想到来了外人找麻烦，结果捅出这么大的乱子？"

鞭子自己是不会抽打的。

这当儿，荒野上逐渐响起了马蹄声，是警察。谁都明哲保身，不愿意找麻烦，认为最好的办法是把尸体扔进河里。你们还记得先前扔出刀子的那扇宽窗吧。黑衣服的人后来也是从这里给扔出去的。大家七手八脚把他抬起来，身上一些钱币和零星杂物全给掏光，有人捋不下戒指，干脆把他的手指也剁了下来。先生们，一个男子汉被另一个更剽悍的男子汉杀死之后，毫无自卫能力，只能听任爱占小便宜的人摆弄，扑通一声，混浊翻腾、忍辱负重的河水便把他带走了。人们收拾尸体时，我觉得不看为妙，因此不知道是不是掏空了他的脏腑，免得他浮上水面。那个花白胡子的人一直盯着我。那卢汉娘儿们趁着混乱之际溜出去了。

维护法律的人来查看时，大伙跳舞正在劲头上。拉小提琴的瞎子会演奏几支如今不大听到的哈瓦那舞曲。外面天快亮了。小山冈上的几根木桩稀稀拉拉的，因为铁丝太细，天色这么早，还看不清。

我家离这里有三个街段，我悠闲地溜达回去。窗口有一盏灯亮着，我刚走近就熄灭了。我明白过来之后，立刻加紧了脚步。博尔赫斯，我又把插在马甲左腋窝下的那把锋利的短刀抽出来，端详了一番，那把刀跟新的一样，精光锃亮，清清白白，一丝血迹都没有留下。

# 双梦记及其他

献给纳斯托尔·伊巴拉

## 死去的神学家

天使们向我通报说，梅兰希顿[1]死后，另外一个世界为他安排了一所幻觉上同他在世时一模一样的房屋。（几乎所有初到天国的人都遇到同样情况，因而他们认为自己并没有死。）家具也是一样的：桌子、有抽屉的写字台、书柜。梅兰希顿在那住所醒来时，仿佛并不是一具尸体，而和生前一样继续写作，写了几天为信仰辩护的文章。他和往常一样，文章中只字不提慈悲。天使们注意到他的疏漏，便派人去责问他。梅兰希顿说："我已经无可辩驳地证明，灵魂可以不要慈悲，单有信仰就足以进入天国。"他说这些话时态度高傲，不知道自己已经死了，自己所处的地方还不是天国。天使们听了这番话便离开了他。

几星期后，家具开始蜕变，终于消失，只剩下椅子、桌子、纸张和墨水瓶。此外，住所的墙壁泛出白色的石灰和黄色的油漆。他身上的衣服也变得平常无奇。他坚持写作，由于他继续否定慈悲，他给挪到一间地下工作室，同另一些像他那样的神学家待在一起。他给幽禁了几天，对自己的论点开始产生怀疑，他们便放他回去。他的衣服是未经鞣制的生皮，但他试图让自己相信以前都是幻觉，继续推崇信仰，诋毁慈悲。一天下午，他觉得冷。他察看整所房屋，发现其余的房间和他在世时住的不一样了。有的房间堆满了不知名的器具；有的小得进不去；再有的虽然没有变化，但门窗外面成了沙丘。最里面的屋子有许多崇拜他的人，一再向他重申，

---

1　Philipp Melanchton（1497—1560），德国学者、宗教改革家，与路德合作，对《圣经》诠释颇有研究。他原姓施瓦茨采尔特（Schwartzerdt，德文，意为"黑土"），按当时风气，用了相应的希腊文 Melanchton。

哪一个神学家的学问都赶不上他。这些恭维话让他听了很高兴，但由于那些人中间有的没有脸庞，有的像是死人，他终于产生了厌恶，不信他们的话了。这时他决心写一篇颂扬慈悲的文章，但是今天写下的字迹明天全部消退。这是因为他言不由衷，写的时候自己也没有信心。

他经常接见刚死的人，但为自己如此委琐的住处感到羞愧。为了让来客们相信他在天国，他同后院的一个巫师商量，巫师便布置了辉煌宁静的假象。来客刚走，委琐破败的景象重又出现，有时客人还没离开，这种景象就显了出来。

有关梅兰希顿的最后消息说，巫师和一个没有面目的人把他弄到沙丘去了，如今他成了魔鬼的仆人。

（据伊曼纽尔·斯维登堡[1]的《天国的神秘》）


## 存放雕像的房间

很久以前，安达卢西亚人的国度里有一个国王居住的城

---

1　Emanuel Swedenborg（1688—1772），瑞典神学家、科学家，其追随者创立"新耶路撒冷教派"。

市，名叫莱布蒂特、休达或者哈恩。城里有座碉堡，碉堡的两扇门页不供进出，永远锁着。每逢一位国王驾崩，另一位国王继承王位时，新登基的国王亲手在门上加一道新锁，一共有了二十四把锁。后来有个不属于王室的坏人篡夺了权力，他非但不加上一把新锁，而是想把以前的二十四把锁统统打开，以便看看碉堡里到底是什么。大臣和王公们求他千万别干那种事，他们藏起装钥匙的铁箱，说是加一把新锁比砸开二十四把锁容易得多，但是他狡猾地重复说："我只想看看碉堡里藏了些什么东西。"于是他们表示把他们所积蓄的所有财富都献给他：牲畜、基督教偶像、金银。但他不肯打消原意，用右手开了门（诅咒他那只手永远疼痛）。里面是许多金属和木制的阿拉伯人像，骑着矫捷的骆驼和骏马，头巾在背后飘拂，佩刀挂在腰际的皮带上，右手握着长矛。这些人像都是立体的，在地面投下影子，瞎子只要用手触摸都能辨认，马匹的前蹄不碰地面，似乎都在奔腾。那些栩栩如生的雕像使篡位的国王大为惊奇，更让他诧异的是雕像的排列整齐和肃静，因为全部雕像面朝西方，听不到一点喧嚣和号角。这是碉堡第一间屋子里的陈列。第二间屋子里摆着大卫的儿子所罗门的桌子——愿他们两人都得到拯救！——那是一整块翡翠石雕成，石头的颜色，大家知道，是绿色的，它内含的性能不可思议，奇异万分，因为它能使风暴平息，保佑佩戴者平安，驱除腹泻和恶鬼，公平解决争端，并且对催生顺产大有帮助。

第三间屋子里有两本书：一本是黑的，书里说明金属和护身符的功能以及日子的凶吉，还有毒药和解毒剂的配制；第二本是白的，尽管文字清晰，但看不懂意思。第四间屋子里有一幅世界地图，标出所有的国度、城市、海洋、城堡和危险，每一处都附有真实名称和确切的形状。

第五间屋子里有一面圆形的镜子，那是大卫的儿子所罗门制作的——愿他们两人都得到宽恕！——价值连城，因为是用各种金属做的，从镜子里可以看到自己的祖先和子孙，上至人类的始祖亚当，下至听到世界末日号角的人。第六间屋子里装满了点金石。只要用一小块就能把三千两银子变成三千两金子。第七间屋子空荡荡的，奇长无比，最好的弓箭手在门口射出一箭都达不到对面的后壁。后壁上刻着一段可怕的话："如有人打开本堡的门，和入口处金属武士相似的血肉之躯的武士将占领王国。"

这些事发生于伊斯兰教历八十九年。在结束之前，塔里克[1]占领了碉堡，打败了那个国王，卖掉他的妻妾子女，大肆掳掠王国。阿拉伯人因此遍布安达卢西亚王国，引进了无花果树和不受干旱影响的草场灌溉系统。至于那些宝藏，据说萨伊德的儿子塔里克把它们运回献给他的国王哈里发，哈里发把它们藏在一座金字塔里。

（据《一千零一夜》，第二百七十二夜的故事）

## 双 梦 记

阿拉伯历史学家艾尔-伊萨基叙说了下面的故事：

"据可靠人士说（不过唯有真主才是无所不知、无所不能、慈悲为怀、明察秋毫的），开罗有个家资巨万的人，他仗义疏财，散尽家产，只剩下祖传的房屋，不得不干活糊

---

1 Tariq ibn Ziyard（670—720），穆斯林将军，711年打败西哥特国王罗德里克，征服西班牙。直布罗陀海峡即以他的名字命名（Gibraltar，西班牙文，衍生自阿拉伯文 Jabal al Tariq，即塔里克山）。

口。他工作十分辛苦，一晚累得在他园子里的无花果树下睡着了，他梦见一个衣服湿透的人从嘴里掏出一枚金币，对他说：'你的好运在波斯的伊斯法罕，去找吧。'他第二天清晨醒来后便踏上漫长的旅程，经受了沙漠、海洋、海盗、偶像崇拜者、河流、猛兽和人的磨难艰险。他终于到达伊斯法罕，刚进城天色已晚，便在一座清真寺的天井里躺着过夜。清真寺旁边有一家民宅，由于万能的神的安排，一伙强盗借道清真寺，闯进民宅，睡梦中的人被强盗的喧闹吵醒，高声呼救。邻舍也呼喊起来，该区巡夜士兵的队长赶来，强盗们便翻过屋顶逃跑。队长吩咐搜查寺院，发现了从开罗来的人，士兵们用竹杖把他打得死去活来。两天后，他在监狱里苏醒。队长把他提去审问：'你是谁，从哪里来？'那人回道：'我来自有名的城市开罗，我名叫穆罕默德－艾尔－马格莱比。'队长追问：'你来波斯干什么？'那人如实说：'有个人托梦给我，叫我来伊斯法罕，说我的好运在这里。如今我到了伊斯法罕，发现答应我的好运却是你劈头盖脸给我的一顿好打。'

"队长听了这番话，笑得大牙都露了出来，最后说：'鲁莽轻信的人啊，我三次梦见开罗城的一所房子，房子后面有个日晷，日晷后面有棵无花果树，无花果树后面有个喷泉，喷泉底下埋着宝藏。我根本不信那个乱梦。而你这个骡子与魔鬼生的傻瓜啊，居然相信一个梦，跑了这么多城市。别让我在伊斯法罕再见到你了。拿几枚钱币走吧。'

"那人拿了钱，回到自己的国家，他在自家园子的喷泉底下（也就是队长梦见的地点）挖出了宝藏。神用这种方式保佑了他，给了他好报和祝福。在冥冥中主宰一切的神是慷慨的。"

（据《一千零一夜》，第三百五十一夜的故事）

## 往后靠的巫师

圣地亚哥有位教长一心想学巫术。他听说托莱多的堂伊兰在这方面比谁都精通，便去托莱多求教。

他一到托莱多就直接去堂伊兰家，堂伊兰正在一间僻静的屋子里看书。堂伊兰殷勤地接待了他，请他先吃饭，来访的目的推迟到饭后再说。堂伊兰带他到一个很凉爽的房间，说是为他的来到而高兴。饭后，教长说了来意，请他指教巫术。堂伊兰说已经看出他的身份是教长，他是有地位和远大前程的人，但担心教了他后会被他过河拆桥抛在脑后。教长向他保证，说不会忘掉他的好处，以后随时愿意为他效力。这一点取得谅解后，堂伊兰解释说，学巫术必须挑僻静的地方，便拉着他的手，到隔壁地上有一块圆形大铁板的房间，在这以前，堂伊兰吩咐女仆晚饭准备鹌鹑，但等他发话后再烤。他们两人抬开铁板，顺着凿得很平整的石板梯级下去，教长觉得他们已经深在特茹河床底下了。梯级最后通到一间小屋子，然后是一间书房，再之后是一间存放巫术器材的实验室。他们正在翻阅魔法书时，有两人给教长送来一封信，信是他当主教的叔父写的，信中说他叔父病得很重，如果他想活着见叔父一面就火速回去。这个消息使教长大为不快，一则是因为叔父的病，二则是因为要中断学习。他决定写一封表示慰问和歉意的信，派人送给主教。三天后，几个身着丧服的人来给教长送信，信中说主教已经病故，目前正在挑选继承人，蒙主之恩，教长有中选的希望。信中还说他不必赶回去，因为他本人不在时被选中更好。

十天后，两个衣着体面的使者前来，一见他就匍匐在地，吻他的手，称他为主教。堂伊兰见此情景，欣喜万分地对新主教说，喜报在他家里传到，他应该感谢上帝。接着，他为自己的一个儿子请求空出的教长位置。主教对他说，教长的位置已经许给主教自己的弟弟，不过可以另给好处，提出三个人一起前往圣地亚哥。

　　三人到了圣地亚哥，受到隆重的接待。六个月后，教皇派使者来见主教，委任他托洛萨大主教之职，并由他自行任命后任。堂伊兰听到这消息后，提醒他以前作出的许诺，请求他把职位给自己的儿子。大主教说这个职位已经许给他自己的叔父，不过可以另给堂伊兰好处，提出三人一起去托洛萨。堂伊兰只得同意。

　　三人到了托洛萨，受到隆重接待，还为他们举行弥撒。两年后，教皇派使者去见大主教任命他为红衣主教，并由他自行任命后任。堂伊兰听说此事，便提醒他过去作出的许诺，并为自己的儿子请求那个职位。红衣主教说大主教的职位已经许给他的舅舅，不过可以另给好处，提出三人一起去罗马。堂伊兰无法可想，只得同意。三人到了罗马，受到隆重接待，还为他们举行了弥撒和游行。四年后，教皇逝世，我们的红衣大主教被选为教皇。堂伊兰听到这消息，吻了教皇陛下的脚，提醒他以前作出的许诺，为自己的儿子请求红衣主教的职位，教皇威胁说要把他投入监狱，说他无非是个巫师，只在托洛萨教教巫术而已。可怜的堂伊兰说他准备回西班牙，请教皇给他一点路上吃的东西。教皇不同意。于是堂伊兰（他的容颜奇怪地变得年轻了）声音毫不颤抖地说：

"那我只得吃我为今晚预备的鹌鹑了。"

女仆出来，堂伊兰吩咐她开始烤鹌鹑。话音刚落，教皇发现自己待在托莱多的一个地下室里，只是圣地亚哥的一个教长，他为自己的忘恩负义羞愧得无地自容，结结巴巴不知怎么道歉才好。堂伊兰说这一考验已经够了，不再请他吃鹌鹑，把他送到门口，祝他一路平安，客客气气地同他分手。

（据王子堂胡安·曼努埃尔[1]所著《典范录》一书中的故事，

该故事源出阿拉伯《四十晨和四十夜》）

---

1  Don Juan Manuel（1282—1348），西班牙作家、卡斯蒂利亚王子。《典范录》有五十一篇醒世小说，在中世纪文学中占重要地位。

## 墨 中 镜

历史记载说，苏丹最残忍的统治者是病夫雅库布，他重用了一批埃及税吏在他的国家里横征暴敛，一八四二年巴马哈特月十四日死在宫中一个房间里。有人暗示说，巫师阿布德拉曼－艾尔－马斯穆迪（这个姓名可以译为"慈悲真主的仆人"）用匕首或者毒药结果了他的性命，但是病死更可信——他不是有"病夫"之称吗？不管怎么说，理查德·弗朗西斯·伯顿[1]船长在一八五三年同那个巫师谈过话，叙说了谈话内容，我现在记录如下：

"我的弟弟易卜拉欣阴谋叛乱失败后，我确实在病夫雅库布的城堡里被囚禁过。当初苏丹科尔多凡的黑人酋长们虚假地答应响应，结果背信弃义，告发了易卜拉欣。我弟弟被绑在行刑的牛皮上，死于乱剑之下，但是我跪在病夫可憎的

---

1 Richard Francis Burton（1821—1890），英国旅行家、作家，曾把《一千零一夜》译成英文，写过非洲、印度和美洲游记，他是第一个到达麦加的英国人，并和斯比克一起发现了非洲的坦噶尼喀湖。

脚下，央求他说，我是巫师，如果他饶我一命，我可以行术招来比神灯显示的更奇妙的景象。压迫者要我立即证实。我要了一支麦秆笔、一把剪刀、一大张威尼斯纸、一个盛墨水的牛角、一个火盆、一些芫荽籽和一两安息香。我把那张纸剪成六长条，在五张上面画了符箓，在第六张上写了光辉的《古兰经》里的一句话：我们已经揭去你的面纱，现在你的眼睛明察秋毫之末。接着，我在雅库布的右手掌画了一个魔图，要他窝着手，我在他掌心倒了一点墨水。我问他是不是清楚地看到墨水面上他自己的映像，他说看清了。我叫他别抬眼。我点燃安息香和芫荽籽，在火盆里焚化了符箓。我叫他报出他希望看到的形象。他想了片刻，说是想看到在沙漠边草场上吃草的最漂亮的野马。他果然看到了青葱恬静的草地，然后有一匹马跑近，像豹一般矫捷，额头有一块白斑。他又要求看一群马，都是像第一匹那样的神骏，他看到地平线上升起一片尘埃，然后是马群。我当即明白，我性命已经保住。

　　"天刚亮，两个士兵来到我的囚室，把我带到病夫的房间，安息香、火盆和墨水已准备好等着我。他要我行施法术，我便把世上各种各样的景象招来给他看。我憎恶的那个如今

101

已死去的人，在他掌心看到死人见过和活人见到的一切：世界不同地区的城市和国家，地底埋藏的宝贝，在海洋航行的船只，兵器、乐器和医疗器材，美丽的女人，恒星和行星，基督徒们用来画他们令人讨厌的图画的颜料，具有神奇功能的矿物和植物，靠人的颂扬和上帝的庇护维持的天使银像，学校里颁发的奖状，金字塔中心里的飞禽和帝王的塑像，支撑地球的公牛和牛脚下的鱼投下的影子，慈悲的真主的沙漠。他还看到无法描绘的事物，比如煤气灯照明的街道和听到人的呼喊时死去的鲸鱼。有一次，他要我让他看看一个名叫欧洲的城市。我给他看了欧洲的一条大街，熙熙攘攘的人流都穿着黑衣服，不少戴着眼镜，我认为他当时第一次看到了那个戴面具的人。

"那个人有时穿苏丹服装，有时穿军服，脸上始终蒙着一块帕子，从那时开始就侵入视野。他每次都出现，我们揣摩不出究竟是谁。墨水镜的映像起初是转瞬即逝或者静止不动的，现在变得复杂多了；画面随着我的指令立刻变化，暴君看得清清楚楚。我们两人往往都搞得精疲力竭。画面穷凶极恶的性质更使人感到疲乏。现在显示的都是刑罚、绞索、肢解、刽子手和残暴者的狞笑。

"我们到了巴马哈特月第十四天的清晨。手掌里的墨水已经注入，安息香已点燃，符箓已在火盆里焚化。当时只有我们两个人。病夫说要我显示一次无可挽回的极刑，因为他那天特别想看到死亡。我让他看到击鼓的士兵，行刑的牛皮已经打开，看热闹的人兴致勃勃，刽子手已握好行刑的剑。他看到刽子手有点吃惊，对我说：'那是阿布·基尔，处死你弟弟易卜拉欣的刽子手，等我学会本领，不需你的帮助也能招来这些形象时，将由他来结束你的命运。'他要我把被判死刑的人招来。那人出现时，他脸色大变，因为正是那个蒙着脸的神秘人物。他吩咐我，在那人被处死前，先把他脸上的帕子揭掉。我伏在他脚前说：'啊，时间、实质和世纪总和之王，这个人与众不同，因为我们不知道他姓甚名谁，父母是何人，也不知道他是何方人士，我是不敢碰他的，不然我要犯下大错，为之负责。'病夫笑了，起誓说如果有过错，由他承担责任。他手按佩剑，以《古兰经》的名义起誓。于是我命令剥掉那个死囚的衣服，把他绑在张开的牛皮上，撕下他的面帕。这些命令一一执行。雅库布的眼睛终于惊骇地看到了那张脸——他自己的脸。他吓得魂飞魄散，用手蒙住自己的脸。我用坚定的手握住他哆嗦的右手，吩咐他继续看他自己的死刑仪式。他被墨水镜控制住了：根本不打算抬起眼睛或者泼掉墨水。当映像里的剑落到那颗有罪的脑袋上时，他发出一声不能引起我怜悯的呻吟，倒在地上死了。

"荣耀归于不朽的神，他手里握着无限宽恕和无限惩罚的两把钥匙。"

（据理·弗·伯顿的《赤道非洲湖畔地区》一书）

JORGE LUIS BORGES

Historia universal de la infamia

Copyright © 1996 by María Kodama

All rights reserved

图字：09−2010−605号